塵の中

YosHie
WadA

和田芳恵

P+D BOOKS
小学館

目次

道祖神幕

兼久《かねきゅう》さんの腰巾着と、私のことを仲間うちで言っていたそうだが、

「このキンチャクには、特別な意味もあってな」

伊勢喜は、浮世絵復古会のメンバアのなかでも長老格で、兼久が、まだ、生きていたころ、ただ、傍にすわっているだけで、兼久を盛りたてて会長の位置に据えたのは自分の考えだという感じを与えたものだ。伊勢喜は、細身の女持ちの銀煙管に、ウェストミンスターを小さくちぎって詰め、ぽかぽか吹かしながら、私の腰のまわりをじろっとみる。いけすかない爺だとは思うが、私は肚《はら》もたたない。どうせ、浮世絵商には、常識はずれの変りものが多い。私が会の機関誌「浮世絵」の編集部にはいったころ、「君は、お茶をたしなむかな」と、顧問の伊勢喜さんに訊ねられた。私は、やせた、品のよい老人とみて、「少しはお稽古にかよいましたので、……」と答えた。

「お茶はセックスと関係のある遊びに思われるな。茶碗に唇をつける、指でなする、ていねいに肌をさすってみてから、ひっくりかえして、おけつをじっとみる」

伊勢喜さんはお茶を戴くときの仕草をしながら、ゆっくりというので、いやな感じが、ねばっこく伝わってくる。私は、怒りと哀しみが入りまじったまま、顔を赤らめて、じっと唇をかんだ。

この最初の伊勢喜の挨拶は、私の毒気をぬいたが、兼久さんに、「あの娘は、まだ、男を知らないらしい」と、もらしたそうだ。ふたりは、お互いになにを言っていたものか、知れたものではない。しかし、私の体の秘密を、伊勢喜に、いつ、言ったのだろう。

伊勢喜さんに、キンチャクと言われても、私は平然と受けながしているような女に育っていた。愛人の私を、私の兼久がそう思ってくれたことが、誇らしいような気もする。

山手線の五反田から乗り換えて、池上線で十分ほどに長原がある。ここから歩いて、五分ほどのところに小池という釣り堀がある。このあたりは、上池上というので、知らない人は、池上本門寺の近くと思うらしいが、樹木と坂の多い、この町は、新興階級の住宅地として発展しつつある。

私は、この春、釣り堀に近い高台に十坪ほどの土地を買い、そこに四畳半と三畳の小さな家を作って住んでいる。三十を出たばかりで、どうにか自活できるようになった私は、ゆっくりと外国雑誌をみて、その中の気にいった小さな記事を飜訳して、向きそうな雑誌社へ投稿する。たまには採用されることもあって、その原稿料で、旅をしたり、また、ぜいたくな食べものや へ行ったりする。こんな生活の安定を得たのも、兼久が死んだのちの整理にあたった伊勢喜のはからいによるのだった。

終戦後、進駐軍相手のみやげものに、浮世絵が飛ぶように売れた。多くは兵隊相手だから、値の安いものが喜ばれ、粗雑な複製で、フジヤマとか、ニッポンムスメでさえあればよかった。そのうち、バイヤーが眼をつけるようになり、原画の背色や、また、きものの色づけなども、向うで指定するようになった。雲母《きら》摺のかわりに、赤い絨毯を思わせる背色のシャラクの役者絵ができたりした。

明代の陶器は、はでな彩色のため、宋代のように日本では珍重されない。中国には極彩色の建築が多いので、どぎつく、なまなましい彩色の陶器も自分を生かす場を得ることができ、また、その存在を主張できる。外国人に持ち帰られた版画は、異国風な室内装飾のひとつにすぎないのだから、向うの様式に似つかわしくあるべきだと、兼久が刷師たちを説いて、

「敗けた日本は、アメリカの植民地同様だから、バイヤーの言いなりに植民地カラーで行きましょう」

と、大口註文を納期にまにあわせて、しこたま儲けた。

「あいつは、おやじよりすご腕だ」

と、同業者に陰口たたかれたが、黒門町に店を張ってから三代つづく浮世絵商兼久の兼子久蔵の店は、私が知ったころ、本建築二階建ての土蔵づくりだったから、福島県の疎開先きから舞い戻ったころのバラック建ての荒儲けは、伊勢喜から聞いたことである。

三年後、日本でオリンピックが開催されると、外人客が多く集まるから、浮世絵の需要が多いだろう、早めに海外宣伝をしようと、兼久が主唱して浮世絵復古会を作った。その機関誌に「浮世絵」を発行することになった。事務所は、兼久の店の二階の一室を無償で提供した。やがて、来日外人から、浮世絵商の本拠とみられ、商品が多く出そうなので、仲間同志の争いもあったが、顔役の伊勢喜がおさえたのだそうだ。

私は、そのころ、数年勤めた神田の学参物を出す出版社を、主任と衝突して辞職していたの

で、新聞広告を見て応募したのだ。編集経験があることと、大学で英文科に籍を置いたことが幸いした。

「浮世絵」は、海外宣伝雑誌なので、日本では少数の学者や美術批評家、研究家の眼にしか触れないが、総アートで、多色刷の複製版画の多い、ぜいたくな雑誌である。すぐれた研究論文も載っているが、本文、解説は、すべて、英文である。

表題は、墨のにじみを出した横書きの浮世絵、その上にかぶせて、金赤のほそいローマ字で、UKIYOEと刷られている。雑誌は無料頒布の形式で、各国の著名な美術館、芸術研究所、大学などが主である。あぶな絵という程度を超えた門外不出の版画が、たまに一枚ぐらい全図で掲載されるので、「浮世絵」は貴重な文献になっているが、もちろん、芸術的な鑑賞に耐える作品だけである。

私は、もちろん浮世絵というものには、ほとんど智識がなかったので、広重の研究で知られた植木幹雄の助手に過ぎなかったが、出来あがった原稿を英訳者に頼み、また、その校正に当らねばならず、季刊とはいいながら、多忙であった。

植木さんは、私の出た大学の先輩で、美術史を講じている鈴木博士の副手を五年ほど勤めた。「浮世絵の研究」で学位を最初にとった鈴木清を、業界では、それほど評価しているでもなかった。殊に兼久は、この人の実力を知っているので、ただ、利用しようとたくらんでいただけであった。兼久は、まだ、父の代で、見習いのなまいきにものをいわせて、高見沢版を掘出しものの初刷に仕立てて、鈴木主任教授の眼識をためしたことがある。
ものは歌麿の「北国五色墨《ほっこくごしきずみ》」の「川岸女郎《かしじょろう》」だったが、鈴木教授は、ゆっくり眺めてから、

「よく見つけたなあ、それに保存がいい。なんなら、私がお世話してあげてもよいとお父さんに伝えてくれ」

久蔵が聞くと、納める相手が蒐集家で知られた園田男爵だったので、そんな罪なこともできないと、自分の方から願い下げにした。研究室を出てイチョウ並木の道を帰りながら、久蔵は、複製物だから、保存がいいのは当り前さと不敵な笑い声をあげた。しかし、機関誌を出すと決まると、世界的な権威鈴木清博士の社会的な地位を借りる必要があった。植木幹雄は、鈴木教授の推薦した新進気鋭の学者であった。

植木さんは、青白い、かさかさした皮膚の冷たい感じの人であった。度の強い眼鏡の奥に、少し狂気じみた眼があり、事務机に腰をかけると、貧乏ゆすりをする癖があった。時折私の方をちらっと見て、それから、やっと考えついたように仕事をいいつけたりした。

植木幹雄の卒業論文は、「安藤広重の初代二代に就いての考察」で、それまで、限界がはっきりしなかったため、初代と二代の作品が混同されていたのを、実証的に証明して区分したものであった。

指導にあたった鈴木教授のすすめで、大学院に残り、副手になった。

「君は将来、私の後継者になるのだから、しっかりやってくれたまえ」

と植木は言われた。

やがて、植木の卒業論文の内容は、鈴木教授の名で、紀要に発表され、その精緻な研究は正当に認められ、主著「浮世絵の研究」の内容も、改訂された。私は、その頃、本郷湯島のアパート月光荘に住んでおり、植木さんは、中央線の中野から通っていたので、いっしょに帰る途中で、植木さんから聞いたのであった。

「植木さん、もう、鈴木教授は、あなたの研究を盗んだので、用がなくなったのよ。ていのよいお払箱と思うわ」

「くみ子さん、そんなことを言ってはいけません。教授が私の説を採りいれてくださっただけで光栄です。ただ、どこかに僕の名をいれてくれたらと思うだけです」

「私は、あなたのために肚をたてているのよ。植木さんの名を出さないのは、盗んだことじゃないの。しっかりしてよ」

「くみ子さん、盗んだのではなくて、ただ僕の名を入れなかっただけです」

私は、にえきらない男はきらいなんだというかわりに、あらあらしく赤いベレエを取って、首筋のところで、ざっくり切っている私の頭を不機嫌に振った。私のことを桑山さんといわずに、くみ子さんと呼ぶときは、決まって、植木さんの話は愚痴っぽくなるのだった。

「もう、やめて、植木さん」

「くみ子さんは、よく怒りますね」

私は、性格的に、こんな男は好まない。天井にクモの巣がさがった暗い研究室に、まだ植木は惹かれているように見えた。

「教授の耳に、もし、はいったら、大へんなことになります。くみ子さん、この話は、聞かなかったことにしてください」

また、いつもの癖がはじまったと思いながら、私は、いつものように、自分の力で、この気弱な植木幹雄を世の中へ送りだしたい衝動にかられるのだった。

「あす、またね」

お茶の水で降りる私の心は、つい、なごんで、さようならとはいわないのであった。

聖橋の上にたって、私は、光りに浮いて、遠く延びている鉄路を見おろしたりしてから、暗い聖堂の塀に沿って、電車通りへ出る。慣れた感じで車道をよぎり、いつもの、自分のアパートに行く道を急ぐ。私の脚の運びは、二十八歳らしい、だるい運びになっている。ふと、ひとり生きていることが、つまらなくなってきたりした。

こんな頃、聖天町に住む宮本スマという老婆を、植木さんとカメラマンの杉さんと私の三人が訪ねた。馬楝《ばれん》のスマで、刷師のあいだに通っている馬楝作りの名人を、「浮世絵」に紹介するためであった。

煙草店と駄菓子屋をかねた店先きで、私は宮本スマさんの家のありかがわかった。道順を教えてもらってから、煙草をひとつ買った。

そこから二本目の路地奥に、宮本さんの家はあった。

「誰かね」縁側を匐《は》うようにして、——それは赤ん坊が歩きはじめたときの恰好に似ていたが、両手をついたまま、首をあげて、「スマはわしだが」と言った。スマさんは油気のない白髪をおさえて、ゆるく手拭をかぶっていた。

私は、ふたりにかわって来意をのべた。

「あいにく、誰もいないで、お茶もあげられない」

短かい縁側に、小切れをはいだ薄い座ぶとんがあり、そのまわりに遣りかけの仕事が投げだされていた。紺がすりの上っ張りに巾広の前垂れ姿。日溜りに背をまるくしてスマさんは座ぶとんの上にあぐらのようにすわった。

私は、軒につるした葱《しのぶ》を見、これが、スマさんの、唯ひとつのぜいたくというものなのだろうかと思った。

「おばあさんは、おいくつ」

「七十を二つでた」

「いつから、馬棟をつくっていらっしゃるの」

「そうさなあ、十五のころだったかなあ。父ちゃんに教えてもらって、な」

スマさんのそばに、歯のせまい金櫛でしごいて、糸のようになった竹の皮がざっくり置いてある。これを一本ずつ、丹念に縒《よ》りあげてゆく。親指と人差し指が、長いあいだの仕事のためか、ふとくなっているように見えた。スマさんは無心にしゃりしゃり縒りつづける。次の部屋から、杉さんは、しきりにシャッタアを切っているが、スマさんは気にならないようであった。古い日本紙を張りあわせて重ねた円い形の当皮《あてかわ》と、竹の皮の上包みのあいだにはいる、この竹のこよりは、渦巻形の芯になるが、この加減で、版画の刷りあがりが、生きもすれば、死にもする。

杉さんが、最後の製作工程を写す手順にはいるころ、スマさんは、やっと思いついたらしく、

「写真をとってくれるなら、着代えないと……」

と、立ちあがろうとしたので、私は、もう、仕事中に撮ってしまったと告げた。スマさんには、どんな晴着よりも、この仕事着が似合うと思った。スマさんは、それにさからおうともしなかった。

植木さんの締めくくりの質問に、スマさんは、

「それは使う人の身になって、作ること」

と、答えたのが、私の心に深くしみた。

杉さんは、国際劇場の撮影に行くと車を拾ったので、私は植木さんと、言問橋を渡り、学生のころ、はいったことのある言問だんごへ誘った。この店は、改築されていた。

土手もきれいに舗装され、桜の樹もまばらになっていた。

私は、植木さんに、忘れていた、さっきの煙草を出してすすめなどしながら、だんごを食べ

た。大きな湯呑みの、たっぷりした熱い茶をのんで、いかにも、最後の職人らしいスマさんの生き方を羨やんだりしたが、私は、あのように生き抜くことはできもしないのだ。

スマさんは、誰かに技術を残そうとしているが、手間賃が安いので、進んで弟子になる人もないと嘆いていた。

「どうです。桑山さん、やってみませんか」

植木さんは、私のスマさんに対する傾倒を冷やかすように言った。もう、一年近く、いっしょに働いて知ったことだが、こういう底意地のわるいところが、植木さんにはある。

この店へ誘ったのは私だが、植木さんは、気の浮かないような顔で食べている。いやなら、ことわってくれたらいい。そのくせ、この人は餡蜜を食べましょうと誘っても、のこのこついてくるにちがいない。てんで、植木さんは自分の意志を持っていない男だと私は思った。

勘定を払って表へ出ると、植木さんは、ハンカチを出して口のあたりをぬぐっていた。私は、女だが、ひとに払ってもらうのは好まない。この頃の私は、植木さんを見ていると、いらいらしてくる。このときもひきずりまわしたいような狂暴なものが、私の体のなかに突きあげてきて、

「植木さん、どう、ビールでものみません」

と私の方から言っていた。植木さんは、結構ですなと答えた。

私たちは浅草へ出て、六区のビヤホールにはいった。私は、長い時間をかけて、ジョッキ一ぱいぐらいはあけることができる。

植木さんは、じき、三杯をからにした。私の呑み残りを廻したが、口紅が、うっすら、ついているところへ口を運んだ。植木さんが眼をすえて眺めてからなので、多分に意識的な行動であった。

植木さんのグレイの洋服に、点々としみがついている。かなり、着くたびれていた。気の小さいこの人は、どこかの飲屋で、大方のサラリーを酒にかえているにちがいないと私は思った。

「もう、ひとつ、とりましょうか」

首をかしげていう私に、植木さんは頼むとはっきり答えた。私は、酔っていたので、

「その調子、その調子よ、植木さん。いつも、そのように、はっきり自己主張して欲しいの。そういう植木さんなら、好きになってあげるんだけどなあ」

「私は、桑山さんが好きなんだ。酔っているとき、ほんとうのことをいうようではこまりますなあ……」

と、植木さんは、眼鏡の奥の眼を光らせた。私は、酒ばかりではなく、これまで、なに事にも酔ったことがなかったと思った。酔って自分を失った形のなかに、思わぬ真実が姿を見せるのかもしれない。

ビヤホールを出た私たちは、いつからともなく腕を組んで、雷門の近くを歩いていたとき、酔いにまかせて、自然に私の方から植木さんの唇を盗んだ。

植木さんは、唇を閉じたまま、顔をそむけ、

「桑山さん、そう興奮するものではありません」

教師にありがちな乾いた声の説得調になっていた。私ははぐらかされて、生理的に不快になり、腕を解いた。私は植木さんを置いて自分だけでこのまま歩いてゆくのが自然のように思えた。それなのに、いっしょに、もつれるように体が触れあうのを、たしかめたりしながら、地下鉄の入口まで来ていた。そこで別れた。

私は、拾った帰りの車のなかで、あの時の私は接吻から誘いだされる性へのめりこみを考えてもいなかったのだから、一時の衝動にかられた、機械的な行動と考えようとした。しかし、私は植木さんと接吻しようという意志があって、植木さんにこばまれたのだから、自分の愛はふみにじられたのだという屈辱を覚えた。

(石のような植木さんは、浮世絵の智識があっても、浮世絵はわからない。あんな男は、見合いの相手と、平凡な結婚をするがいい)

理論が飛躍し、混乱しているとは知っているが、その時の私の気持にぴったりした。

私は、男のように脚を投げだして、不敵に両腕を組み、のけぞって、窓をかすめて流れてゆく町の灯の色を眺めていた。

塩山《えんざん》市の旧家に広重が描いた道祖神幕が保存されていると私が知ったのは、こんなことから、植木さんとのあいだが気まずくなったころであった。

大学のころから、いっしょに旅をしていたグループの誘いがあって、私は奥多摩へもみじを見に行った。

「なにも、危険にさらされてアルプスなどへ登ることもないさ。健康のためなのだから、僕たち学生は低山へ登ろうではないか」

法学部の学生降屋敏也の、こういう呼びかけは、私たち女子学生に人気があって、降屋君をリーダーにハイカアのグループができた。ほとんどが女子学生で、妙義や、筑波、天城などに登った。

降屋君は、卒業して一流の商事会社へはいった。私たち女子学生の、ほとんどは結婚し、また地方へ帰ったりして、私のように毎年出席するのは数えるほどになっていた。

降屋君は、詩的な空想性のない常識家だから、私は魅力を感じなかったが、社では着実な人物として重視されているらしい。

私は、「浮世絵」に職場がかわった挨拶をしたのが切っかけになって、降屋君の本家にあたる降屋柳平という人の蔵のなかで、中学生のころ、たしかに広重が描いた道祖神幕を見たという話がでた。

今思うと、私は、同じ学校を出た先輩の植木さんが、「浮世絵」の編集長なのだと言ったような気もする。独身で三十歳近くなると、誰でも自分の近くに男のひとがいるように相手に思わせたくなる。私は、植木さんを愛人らしく降屋君に受けとらせるように見せ掛け、また、広重の研究家として知られている学者だとも言ったから、道祖神幕の話になったのだろう。

毎年の例として、この日は私たちは職場から解放され、学生時代の気持にかえって、愉しく騒ぐのだから、自分を少し飾る必要もあった。充ちたりて、幸福をつかもうとしている人や、また、理想を実現しようとしている人に、調子をあわせるためにも。学生のころ考えていたのは、みんな絵そらごとのように思えてきた私には、かなり、無理があって、疲れる遊びだったが、それは、私だけではなかったのかもしれない。

私は、次の朝、少し早めに編集室に行き、植木さんが重い鞄を持って階段をきしませながら、いつものようにのぼって来るのを待った。

「植木さん、すばらしい聞き込みがあるんだけどなあ」

私は、「浮世絵」に広重の道祖神幕が発表できるとしたら、植木幹雄の新発見として、学問的な功績になるだろうとはずんだ調子で、経緯を述べた。

「よく、そんな例がありましてね。浮世絵と言えば、広重か、北斎、歌麿と普通の人たちは思い込みがちです。他のくだらない浮世絵師が描いたものでも、いつの間にか、広重などに置きかえられ、そのままに信じられることになるのです。歴史のいたずらとでも言いましょうか。それに、浮世絵関係の資料が、ほとんど出尽してしまった現状では、よほど疑ってかからないと、飛んだことになります」

これを学問的態度というのだろうが、植木さんの、なんでも、ひとひねりせずにはおられない性格からのように私には思われた。

「そんなものなの。私は、ただ、あなたを喜ばしてあげたいと思っただけよ」

「御厚意ありがとう。しかし、私には信じられませんね」

植木さんは、少しも関心を示さないように鞄のなかから校正刷をだし、びんぼうゆすりをしながら、引きあわせをはじめた。

「桑山さん、ちょっと」

その時、兼久さんの呼ぶ声がした。兼久は、五十二だというが、私より三つだけ年上の植木よりも声に艶があった。

私が降りてゆくと、店に、ひとりの外人がいた。この頃、外人客の眼もこえてきて、肉筆浮世絵や版画の本格的な蒐集家もあらわれるようになった。これらの常連は、日本人よりもきれいな日本語で話しかけてくるので、久蔵はおぼつかない英語をあやつる必要はほとんどなくなったが、この外人客は、はじめて日本へきたため、英語でないと通じない。

私が兼久さんにかわって聞くと、どうやら、見せてもらった一冊の職人尽しのなかに、猿廻しはあるが、越後獅子がないので、双方はいったものがあったら見せて貰いたいというのであるらしい。言葉にひどいスラングがあって、私にも聞きとりにくかった。

兼久さんは、そんな手持がなかったので、アイム・ソーリーというより仕方なかった。

私は、帰ってゆく外人の、がっちりしたうしろ姿を見ながら、兼久さんに、ユダヤ系らしいと言った。

「あの男の鉤ッ鼻から、私も、そう睨んでいた」

兼久さんは、緊張をほごすように和服の袂から煙草を出した。いかにも、お店《たな》ものらしく、手織の藍みじんに、きりっと角帯をしめている。「これは、浮世絵の制服だから」と、いつか、兼久さんが私に言ったことがあったが、剃刀をあてた剃りあとが青あおと匂っている。外人の眼には、この着物姿が浮世絵商の主人という印象を強めることだろう。

「あなたがいてくれるので、外人客のときは助かります」

兼久さんは、帳場格子に近い火鉢から鉄瓶をとって、私に茶をいれてくれた。湯呑からの白い湯気が顔の肌に感じられる。秋も深まったのだと思いながら、金字で兼久と書かれている店先きの硝子戸越しに表を眺めていると、並木の枯葉が力なく落ちてきた。

私は、このとき、思いだしたように広重の道祖神幕のことを、兼久さんに話していた。植木さんに話したときのように心がたかぶらないのは、もう、あきらめてもいたからだろうか。植木さんの学殖の重みを受けて、私の心はぺしゃんこになっていたのかもしれない。

兼久さんは、うん、うんと頷きながら、まっすぐからみつくように見るので、私は眼をそらしたりもした。強い執念のようなものが、見えない矢になって、私の心を刺すようであった。

「降屋さんという人も、また、あなたも、ちっとも欲にからんでいない。儲けを追いかける私たち商売人にとって、これは、嘘のように珍らしいことなんだ。私たち玄人《くろうと》が、引っかかるのは、えてして、こういうときだ。誰か後ろに悪智恵をはたらかせる奴がついていて、あなたたちを操っているのなら、すぱっとはめられてしまうが、この話は筋がちがう。結果がどうでるかわからないが、ひとつ、私に勝負させてくれませんか。お願いします」

兼久さんは、律儀に私へ頭をさげてから、ちょっと、二階へ向けて自分の指を一本たてて見せ、

「あの人に、もう、話しましたか」

と、急に声をおとした。私が植木さんに最初に話したことは、愛している心の弱みをみせることになるが、どうにもしようがない。私は、やはり、植木さんを好きになってきているのだと思いながら、ありのままを兼久さんに告げ、「てんで、問題にしようともしないんです」と訴えるように答えた。

兼久さんは、さすがに商売柄、道祖神幕のことを、降屋君よりもくわしく知っていた。

永禄十一年、北条氏康と今川氏実が示しあわせて、武田の分国へ塩止めしたとき、上杉謙信は、敵ながら越後の塩をおくって危急を救った。このとき、武田信玄の手形を持って越後に使いしたのが久保田右近義次である。塩といっしょに義次が甲府へ帰ったのが正月十四日だから、ちょうど道祖神祭りのさなかだった。これを機縁に甲州の道祖神祭りが、盛大な、はでなものになったということであった。

道祖神祭りは、正月の十三日から四日のあいだにおこなわれ、辻々に屋台を繰りだし、その舞台では大人の囃しにあわせて、子供たちが歌舞伎をしたり、また、寺を借りて芝居狂言などの催しもあった。この祭りをはなやかにしたのが、江戸の名高い浮世絵師に頼んで描かせた幔

幕を、町内ごとに家並みの表てに張りめぐらしたころからである。

「諸国祭礼双六《すごろく》のなかにも、この道祖神幕の絵がでていたほどだから、ひろく全国に知れわたっていたのでしょうな」

と、兼久さんは言った。私は、きらびやかに着かざった見物人の波が、江戸浮世絵の幔幕を背景にごったかえす賑わいを思い描くことができた。

「大通りの軒先きを展示の場所にした、肉筆名作浮世絵の青空展覧会を、四日間、開催したようなものですよ。この町民たちが自由に参加できた浮世絵展は、江戸錦絵のみやげものなどで親しまれた浮世絵師が選ばれるのは当然で、降屋さんの広重の道祖神幕も、おそらく、そのひとつでしょうな」

私は、植木さんのために考えたことが、兼久さんの仕事になってゆく危惧は感じたが、仕方のないことだと思った。兼久さんは、私を連れて、その翌日、塩山の降屋柳平を訪ねることになった。

兼久さんの奥さんのくら女は、北鎌倉に住んでいる。兼子くら女は、平安朝時代の組紐を編む技術の修得者として知られている。有職故実《ゆうそく》に通じた父鵬斎の影響を受けて、古式に必要な服装に用いる組紐を、自然に手掛けるようになった。時折、上野の博物館に出掛けることもあるらしいが、私が勤めてから、もう、一年近いのに、黒門町の店へ顔をだしたことは一度もない。

「うちの女房は変りもので」

と兼久さんがいうような女であるらしい。店の台所は、耳の遠い老婆が住み込んでやっている。兼久さんの食事は、てんやもので済ませているから、ほとんど手はかからない。それにしても、主婦がいない家は不便だろうと思うが、兼久さんは一向気にせず、月の半分は、店の方に泊っている。兼久さんと伊勢喜さんは、

「遊びの味がわからない奴に浮世絵はわからない」

と言いあっているほどだから、北鎌倉へ帰らぬ夜も多いようだ。

私は、あす、いっしょに塩山へ行くと決める前に、

「塩山なら、新宿を朝の一番でたつと、充分、日帰りができますね」

兼久さんに駄目をおした。

兼久さんは、にやっと笑いながら、

「帰られますとも、……ああ、あのことですか。私は、若い娘さんには、なんの魅力も感じないたちでしてな」

と、うそぶいた。こういう男は警戒すべきだと思った。

降屋柳平は下於曾《しもおぞ》の旧家で、塩山では誰知らぬ者もない。塩山ホテルに部屋をとった兼久さんは、ホテルの主人を呼んで、降屋家の様子をさぐりにかかった。自由民権運動に活躍したのち、国会議員に選ばれた人は、当主から何代前にあたるかわからないが、清廉な政治家として、今も、土地の語り草になっているという。

終戦後の農地改革で、多くの田畑を失ったが、山持ちなので、遊んで暮せる身分なのだそうである。兼久さんは、おちぶれた旧家でなければ、道祖神幕を手ばなすことはなかろうと、少し、がっかりしたらしかったが、

「そこに、道祖神幕があるということは聞きませんでしたか」

と、ホテルの主人に聞いた。

「一向に、そんなことは伺いませんですが。……降屋さんの庭は、ツツジが多いので、花時には仲々にぎわいます。なんなら、市役所にでもたずねましょうか。それにしても、旦那さんは、よく、道祖神幕を御存じで、……私どもが、やっと祖母の昔語りに聞いているだけで、もちろん、見ちゃあいません」

兼久さんが出した名刺をみて、

「これは失礼いたしました。浮世絵復古会の会長さんでいらっしゃいますか」

私は、兼久さんが、版画商でなく、復古会の名刺を出した遣り口と、また、その反応の大きさに驚いていると、

「たまたま、さる筋から聞いたので、秘書を連れて拝見に伺ったところです」

と、兼久さんは私をかえりみた。約束のハイヤーが来て、私たちは、降屋家を訪ねることになった。

「桑山君には、これを持って戴こうか」

みやげの包を渡された私は、はいと女秘書らしく、浮世絵復古会長、兼子久蔵氏にしたがった。

降屋家は、思ったよりは近かった。大きな藁ぶき屋根のどっしりした建物の前で、私たちは降された。昔は土塀にかこまれていたらしいが、取りのぞかれ、植木が自然の塀になっていた。

「用事は、すぐ済むから、待っていてくれたまえ」

兼子久蔵氏は、白いワイシャツをずらして腕時計をのぞきこみながら言った。

石を敷きつめた歩道を歩いて、広い土間になっている玄関に立った。私は、降屋さんと呼んだ。長い廊下を歩いてくる足音がして、中年の婦人があらわれた。

編集の仕事で、植木さんといっしょのときは、私が相手に、まず掛けあうのだが、

「私は、こういう者です」

と、落ちついて名刺を出す兼久さんを眺めるだけなので、きょうの私は気楽だった。

「私たちの会は、鈴木清博士を顧問に仰ぐ浮世絵の保存と研究団体です。私は、会長の兼子ですが、実は、ここにおります私の秘書の桑山みち子と、そちらの分家にあたる敏也君とは大学時代の同級生でして、その敏也君から、お宅に広重の道祖神幕がおありのように伺ったということです。もう、道祖神幕は湮滅《いんめつ》したろうと思っていた矢先きに、この朗報を得て、さっそく拝見に伺ったのですが、いかがなものでしょうか」

主婦は、一瞬、不安な顔になり、

「敏也が、そう申しましたの」

と、私の方を見た。

「ええ、そうなんです。敏也君とは山登りの仲間なので、つい最近、奥多摩で仲間とご一緒したのです。小母さま、これ、ほんのお口よごしですが……」

と、私はみやげものを置いた。

「主人に伺ってまいりましょう」

と、また、奥の方に消えた。ふたりは、顔を見あわせて、にやりとした。

「会長さん、見せてくださるといいですね」

壁に大きな、旧式の掛時計があって、丸い振子がゆれていた。のどかな感じであった。兼子久蔵は、子供のころを思いだすらしく、「なつかしいなあ」と見あげていた。やがて、主婦が出て来て、

「前もって、手紙でもくださったら、蔵から取りだして置くのに、そう、急では探しだすのが、大へんだと主人が申しまして……」

と、眼をふせながら言った。

「ごもっともです。よく、私は地方の浮世絵を見せて戴いておりますが、手紙で連絡しても、なかなか返事をもらえぬばかりか、大ていは断わり状か、持っていないという結果になります。たしかにあると知っていても、もう、そうなっては、見せてもらうことができません。いくら無駄足と思っても、通っているうちに、ついには、こちらの誠意がとどきます。それでも、駄

目なら、あきらめもつきます。いっしょに蔵にはいらせていただき、探すことはいといません。私は、きのう、秘書から道祖神幕の事を聞いてから、仕事も手につかず、昨夜は、まんじりともできませんでした。好きな女に逢いたい気持とはこういうものかと思いながら、こちらへまいりました。どうぞ、私の気持を、もう一度御主人にお伝えくださいませんか」

兼久さんは、そのあたりが主人の居間と思われる奥の方ばかり見た。決して、主婦を見ないのだが、話が終わると、主婦は、だまったまま立ちあがり奥へ消えた。かなり、時間がたった。

「お見せすると申しました」

主婦の顔はなごんでいる。私も、うれしくなって、

「ありがとうございます。これで、私は会長さんに顔がたつというものです。私にもお手伝させてください」

「私どもだけで結構です。蔵の中は、ひどく荒れていますから」

夜食のすんだ七時ごろ、また、来ることにして、私たちはホテルへ引きあげた。私は途中の車のなかで、大菩薩峠がどこなのと運転手にきいた。秋が深まるまでは、山頂に雲が湧いていて、全貌を見ることができないという大菩薩は、高原に似た、なだらかさで、運転手の示す指先きの向うに見えた。地方の自動車は、大てい土地の出身者が運転手なので、秘密にわたることは話すなと出掛けに兼久さんに言われたからである。兼久さんは、帰りの車では、黙ったままだった。重苦しい零囲気をかえるために、私は運転手と話しつづけたが、訊ねると、やはり、

塩山生まれだった。

このホテルは、下に礦泉があった。沸し湯だが、あがってからも湯ざめがしない。

「肌がすべすべして、気持ちがいい、桑山さんもおはいり」

先きにはいった兼久さんがすすめたが、私は、

「降屋さんから帰ってから戴きます」

と答えた。

「もう、君の役割はすんだ。今夜は、私ひとりで行く。別の部屋で寝ていていいよ。これからが大へんなんだ」

兼久さんは言ってから、

「そうだった。君は帰るつもりだったね。早い夕飯をすませて、先きに帰りたまえ。新宿行きの次の時間に間にあうよう車を頼みなさい」

と、卓上電話を指さした。私は、道祖神幕のことで気が張りつめていたから、急に言われて、兼久さんに突きはなされたように思った。軒下を流れている川の流れが、はじめてのように聞えてきた。

「私、帰りません。いっしょに連れて行かないで、あなただけが見るなんて……」

私は、切りつめて短かい自分の髪の毛を指先きで眼の近くへ持って来て、みつめながら言った。

「こまったお嬢さんだな。自分から泊らないと言ったじゃないか。どうせ、私は、広重の道祖

神幕を手にいれるつもりなんだ。自分のものにしてみせる。そのためには、どんな恥かしいことでも、するつもりなんだ。私は、そんなみじめさを、あなたに見せようとは思わない。だから、連れては行けないよ。あなたは教えてくれた人だから、最初に見てもらいたいと、ここで待つようにと言ったが、……やはり、帰った方がいい。私が東京へ帰ったら、誰より先きに見てもらうから」

兼久さんは、今は道祖神幕しか頭にないらしい。降屋さんという相手があることだし、自分のものになるとはわからないのに、もう、手にいれたように決めている。それなのに道祖神幕は、私も、きっと兼久さんのものになるように思えてきた。

「私、私の部屋で待っています。早く見たいんです」

「じゃあ、そうなさい」

私は、いっしょの食事をして、約束の車で兼久さんをおくりだしてから、湯にはいることにした。兼久さんは、別の部屋を取ってくれたので、私は、そこで寝巻に着かえ、寝床に腹ばって、文庫本を読んでいたが、気がおちつかないせいか意味がつかめない。私は、兼久さんのことばかり思っていた。兼久さんが、ひとりで、いっしょうけんめいにものを考えるとき、少しべろをだす癖があるとわかったのは、きょうのことであった。それがたまらなく兼久さんを子供っぽくする。十一時がまわっても、兼久さんは戻って来ないので、私は車を頼んで降屋さんのところへ行ってみようと洋服に着かえた。私は、できたら、さっきの運転手を欲しいと頼んだのは、車のなかで、もう、兼久さんのことがお互いの話題になって、兼久さんを思うことができると考えたからであった。幸い、運転手は、その人だった。

「降屋さんのとこは、この道だけですか。まだ、帰らないのよ」

「たしかに、この道しかありませんね。御主人は遅いじゃあないですか。もちろん、私はお待ちするつもりなのに、今度は、長びくからとおっしゃって……」

車は、道ばたの桑の木や石垣などを照らしながら、暗い道を進んだ。私は、途中で兼久さんに逢うかもしれないと照らしだされてゆく道を見ていた。——誰も通らない。

「運転手さん、このあたりは静かね。こういうところにいると、都会はいやになるでしょうね」

「ごじょうだんでしょう。土曜、日曜には、ここらあたりの人はみな東京へ遊びに出ますよ。映画なども甲府ではなく、東京で見るようです。新鮮な、刺激にふれないと、人はなまってしまうらしいですね。ここらの人たちは、五十を過ぎると、もう老人になって、よぼよぼです。御主人は、おいくつぐらいかな。とても、お若いですよ」

運転手は、兼久さんを、自分の夫と思っているのだろうか。それとも、私を愛人と考えているのだろうか。私は、知りたかったが、だまっていた。

私は、降屋の家の前でおりて、少し考えてから、やはり、車を返すことにした。

私は玄関のまだ明るい灯を見ながら、そのまま敷石の上にしゃがんだ。霜がしきりに降りる気配がして、星空はひろがっていた。

私は、冷たい石を敷きつめた歩道に仰向けに寝てみた。兼久さんの約束を破って、玄関の戸を開いたとたん、兼久さんが、やっと積みあげたものが、みんな、ちりぢりにこわれてしまうと私はおそれた。あの灯が明るいうち、兼久さんは降屋の家に生きているのだ。私は思いをこめて、その灯をじっと見ながら、手枕をしていた。私の太い髪の毛に、霜が降りる音が聞えるようである。私は、気を遠くした。

玄関の灯に照らし出されて、三つの人影が動いていた。コウモリが翼をひろげたように見える、ひとつの人影が、戸をあけて外へ出ると、急に闇にかえった。私は息をつめて、闇のなかを見た。少しよろけながら、足音が私へ近づいてくる。私の兼久さんだと思った。私は、もう起きあがる気はしない。兼久さんの足音が私の体に響いてくるからだ。

「なんだ、犬がいるな」

と、兼久さんは、しゃがんで眼を近づけてきた。

「私よ」

と、手を差し出したが、兼久さんは引きあげようともしない。大きな風呂敷包を両手でかついでいるのだった。私は、そのなかに道祖神幕がはいっていると思った。

私は、すくっと起きあがりながら、

「あなたは魔術師ね」

と言った。私にはどうしても奇蹟のようにしか思われない。

「黙っていても、いつかは、好きな人のところへ行くものさ。いのちがないものでも、誰かに、ほんとうに愛されたがっているんだな」

兼久さんは、包みを私といっしょに持ちながら、若やいだ声で言った。

暗い野道に、やっと眼がなれたころ、私たちはホテルに辿りつくことができた。

兼久さんの部屋のつづきが空いていたので、襖を取りはずして、そこへ道祖神幕をひろげた。

麻地の、丈が六尺たらず、幅は三十尺ほどのものである。「名所江戸百景、大橋あたけの夕暮」という画題で一立斎広重筆とあった。

「大はしあたけの夕立」は、広重晩年の傑作として知られているが、この絵は「夕立」とちがって横ものなので、大橋もしたがって長く描かれており、また、橋の上を通るのは女の人ばかり。手に提げた買い物籠に野菜らしいものがはいっていたり、子供の手を引く女の人もいた。みな家路へ急ぐように脚はくの字にまがっている。どの女も、やっと生きているような貧しげな着物をまとっているが、思いのほか、生活力にあふれているのが、見ている私に伝わってきた。こういう女たちにとりのこされたように橋のらんかんにもたれた女はうしろ向き。その女の見ている空は、広重好みの黄のぼかし。どことなく玄人らしい身のこなしで、片方の赤い塗下駄が内側を少しのぞかせている。なまめいた体のくねりが、私に吐息をもらさせた。

「この人のかんざし、今にも、おっこちそうね」

平打ちの銀のかんざしが、だらりとさがっているのを、私は指さしながら兼久さんに言った。

兼久さんは、「大はしあたけの夕立」は地味な図柄なので、賑やかな祭りの幔幕にむかないから、この構図に変えたのだろうと言った。

「あたけ」は安宅で、兵船安宅をこわして埋めた土地なので、地名になったが、この深川御船蔵のあたりの切見世を「あたけ」とも呼んだそうである。

「これは、おそらく、広重の最高傑作だね。私は、浮世絵商のなかでも、品数を多くみている方だが、この広重はすばらしい。ただ、かなり汚れがあるのが難だ」

と、兼久さんが言ったけれど、私は、かえって時代がついて深みをましているように思った。

「あす、朝早く帰って、まっぴるま眺めたら、また別な味が出てくるだろうよ。また一定の距離から眺めるような約束で、この幕はかかれているはずだから」

「それにしても、よく、降屋さんは手放しましたね」

「それが大へんだったんだ。私は、これをひと眼みて、ううんとうなった。それからはうなりどおしさ」

「ただ、何時間もうなってばかりいらしたの」

私が笑いながら言うと、

「こういう場合、けちをつけたらだめなんだ。自分がほんとうにいいものと思ったら、その通り賞めたらいい。安く買いとろうなどとあさましい気をだしたら敗けだね。賞めて、向うの言いなりになるだけさ」

私は、兼久さんが大きな天眼鏡で、一立斎広重筆という署名をのぞきこんでいるのを見ながら、大へんな金高を降屋さんに渡したと思った。死んでから、伊勢喜さんに聞くと、なにかのはずみで、降屋さんが花札が好きなことがわかって、差しで遊んだそうである。金を賭けて、兼久さんは、わざと敗けを重ねた。その金高は十万円ほどになって、さすがに兼久さんの顔色が青ざめ、眼は血ばしってきた。そのように相手の降屋さんは見た。そこで、兼久さんは、別包みの金がふところにしまってあるのに、もう、これっきりだと財布をさかさに振ってみせ、

「縁起だめしだ。あなたは、幕を賭けてくれ」

と言った。めぐりはふしぎについて、あっという間に、道祖神幕は兼久さんのものになったのだという。

伊勢喜さんは、

「兼久は、したたか者だったからなあ」

と言ったが、そんないかさまで兼久さんが道祖神幕を手にいれたとは、私には、どうしても思われない。私が甘いせいだろうか。

そのあとで、私は、たやすく兼久さんに体をゆるしてしまった。それが当然のように考えられたのであった。私も、降屋さんのように、兼久さんのいかさまにしてやられたのだろうか。

私は、そのときのことを今、思いだすことができない。最初なのでとりのぼせていたと言えば嘘になる。私は、頭のなかで知っていることが、形をとったら、こういう姿体の結び合いに

なると思いながら、苦痛をしのんで、兼久さんを受けいれたのであった。兼久さんが、そのとき、「八寸どおがえし、くろごく上々吉」と私の耳もとでつぶやいた。兼久仕込みで女になりきった今の私は知っているが、なにかのおまじないだろうと敬虔な気分にひたったのであった。

この兼久さんの言葉を卑語と思わないで、意味づけていたのは、伊勢喜さんから見たら、私が兼久のいかさまにかかっていたということになるのだろうか。そんなら、恋愛は、みな、いかさまになるだろう。

その翌日、おそく寝床をはなれた私はみちたりていた。兼久さんと新宿から、いっしょに黒門町へ行った。

私たちは、植木さんにも手伝ってもらって、さっそく、道祖神幕を二階の広間に張りめぐらせた。

「これはなかなかのものです」

と、植木さんは、入念に調べた。植木さんは度のつよい眼鏡をかけているので、どうしても、そのように見えるのかもしれない。

「どう見ても、初代の筆ですなあ」

兼久さんが、植木さんに話しかけるまで、私は口をひらかなかった。

「さあ、それがねえ、もう、少し調べてみませんと……」

「私たち商売人は大金を積んでの勝負だ。植木さんのような学者とちがって、一瞬で決めてしまう。品物には、足があるから、ぐずっていたら逃げられる。にせものを握ったら丸損だから、どうしても、眼がこえることになる。私が初代とにらんだ以上、間違いないな。今度の浮世絵に発表しようじゃないか」

兼久さんは、植木さんに解説を書いてほしいと言った。私は兼久さんの植木さんに対する好意なのだと思った。学界では、植木さんが最初の発見者ということになるからだ。

それなのに植木さんは、兼久さんに耳を貸そうともせず、

「この筆ぐせが、どうも二代らしい匂いがする」

と私の好きな、うしろ向きの女の形を指でたどりながら、

「橋の線も、初代とちがって少し弱いなあ」

植木さんは、兼久さんにけちをつけて、それをたのしんでいるように思われ、私は肚がたってきた。

私は、もちろん、その時はわからなかったが、初代広重と二代は、大へん画風が似ていて、初代広重といわれるものに、二代がまじっていた。

二代は鈴木鎮平と言い、初代広重の弟子のなかではすぐれた存在なのである。広重の娘婿になり、一幽斎重宣と号していた。

初代が死んで、二代を継いだ。だから、一立斎広重と署名があるからといって、初代と決めることができない。

二代広重は、のちに離婚して、横浜に住むようになった。この時から喜斎立祥、または森田立祥とも言ったから、初代広重が安政五年九月六日に死んだのちから、横浜で立祥を号するまでの期間である。しかし、いつ、二代が別れたかわからないことと、すぐに後婿にはいった同門の後藤寅吉が、それまでの一笑斎重政をやめて、二代を継いだ経緯である。後藤寅吉は、正しい意味では三代に相当し、また、その画風は初代とあまりにもかけはなれているから問題はない。ただ、鎮平の離婚と重政の入夫が、殆んど同時に行われたことは、広重の娘の多情によるものか、それとも鎮平の人柄に難があったか、同門同志の勢力あらそいか研究の余地がある。

植木さんは、初代広重といわれていたもののなかから、二代を発見した最初の人なのだから、冷静な批判を道祖神幕にくだそうとしたのは当然なことであった。

しかし、浮世絵商兼久としては、どうしても、初代広重でなければならず、また、初代と信じていたのである。初代広重と二代では、市場価値に雲泥の差があることは、この道に足を踏みこんだ人なら知っていることだろう。

次に出た「浮世絵」の道祖神幕は、大へんな反響を呼んだが、植木さんの執筆した解説は、この作品が優秀なものとは述べているが「初代広重の晩年の傑作といわれる、大はしあたけの夕立は、このすぐれた風景画家が最後に辿りついた画境であった。それなのに大橋あたけの夕暮に想を移行してまで、新らしい試みをする必要があったろうか。筆者は疑いなきを得ないのである。初代広重の画想を借りて、これに頡頏《けっこう》しようとした何者かのさかしらではなかろうか。

もし、かかる推定が成りたつとすれば、作者は二代広重ということになる。しかし、仮りに二代の作とするも、曾つて見ざる最高の出来栄えのため、師風に鋭くせまって、弁別の困難を思わせずにはおかない。作者の決定を初代二代に限るとして、なお、その決定には、充分な資料の裏づけを俟なければならないだろう」と結んだ。

兼久さんは、「浮世絵」が発行されると同時に、納めた先きから三百万円と噂された道祖神幕を戻される結果になった。二代広重と見られたためである。

植木さんは、また、研究室へ戻ることになった。研究をつづけるためとは表面の理由で、さすがに、「浮世絵」の編集室に顔を出しかねるような結果を、兼久さんに与えたと思ったからだろう。

私は、ときどき、思いだしては「ああ、くやしい」と兼久さんに言うのだが、

「まあ、黙ってみていることですよ」

と、気にしない様子であった。

私は、植木さんが辞めたあと、ひとりで「浮世絵」の編集にあたることになった。

私は、編集のことで、鈴木教授の研究室を訪ねることは、その後もかわらなかったから、植木さんとも親しく口をきくことができた。

植木さんは、「浮世絵」の編集が低下しないようにいろいろ智恵をかしてくれたが、それは私に対する厚意とは無関係なものであった。浮世絵の唯一の研究誌を永続させようという気持

なのである。

兼久さんは、私ひとりで編集するようになってから、近くのトンカツ屋へ連れていってくれたり、また、サラリーも相当あげてくれた。

「なにも遠慮することはないんだ。植木さんがいたときからみれば、編集費がかなり浮くようになったんだから」

兼久さんは私に気をつかわせないように言った。道祖神幕で、私はたいへんな損を兼久さんにかけたと思っているのに、そのことについて、いやみなことを指の先きほどもいわない。ただ、兼久さんは執拗に私の体をもとめるようになった。

私は兼久さんの体を知ってから、最初は受け身であった。いやいや受け入れているうちに三十近くまで、ねむっていた私の性欲が、ゆっくりと眼をさまし、そうなると、私の手におえないものにかわっていった。兼久さんは、年のせいか、私をたのしませ、充分に満足するのを眺めて、自分の快感にしているようなところがあった。私がセックスの相手に、兼久さんのような五十歳を過ぎた男性を選んだことがよかったと今も思っている。青年のように激情的だが、いじめる形ではなく、時間を充分にかけて、あらゆる性感覚を探りだしてくれるのだ。もちろん、私の体は疲労を感じるが、仕事に差しつかえるでもなく、かえって、頭脳の働きを活潑にする。充ちたりた思いは、私の肌をしっとりとなめしてゆくらしかった。

私は、兼久さんから、時折、秘蔵の春画を見せて貰うようになった。

私は、歌麿の傑作といわれる「歌まくら」のぎろぎろと脂ぎった色気よりは、「寝賀秘笑緒口《ねがいのいとぐち》」の、縹緲《ひょうびょう》とした恍惚感にひかれる。「寝賀秘笑緒口」には、死んでもいいと思いがちな女のしあわせが、とりみだしたかたちではなく自然ににじんでいた。

私は、男と女のセックスだけで人生ができているような見方には組しないが、春画の辿りついた高い芸術境は、男と女の生き方を煮つめたものだと思う。

私が、兼久さんと、そのときだけはひとつになれる知り方をしてからの植木さんは、研究室であっても、道ばたの石ころのような存在になった。

だから、植木さんのすぐれた発見を知ったのは、第三者と同じ状態におかれてであった。

植木さんは、甲府の柳町の上野という旧家から、初代広重が描いた「東海道五十三次」の下絵三十九枚を発見したのである。これは、兼久さんの「大橋あたけの夕暮」が二代広重とにらんだ植木さんが、出張調査中の副産物であった。

初代広重が、道祖神の幔幕を描くため、甲府へ行ったことは、「天保十二年丑とし卯月日々の記」の日記から知られていたことである。この中には、「幕世話人衆」とか、「幕霞漸くきまる」「まく書付書」などの幔幕に関する記載が多い。

植木さんが、出張調査のあいだ、「甲陽新聞」の社長野上氏が便宜を与えた。浮世絵の所蔵者に連絡をつけてもくれた。あの風采のあがらない植木さんを、そうでなかったら、誰も相手にしてはくれなかったろう。

植木さんは、縦九寸二分、幅二尺七寸の和紙に墨書した初代広重の「東海道五十三次」を入念に調べるため、野上社長の自邸から柳町へ日参していたが、上野家の遠縁にあたる人が見えて、祖先から伝わる初代広重の恵比須、大黒天の軸を鑑定してもらいたいと言った。

「拝見いたしましょう」

植木さんは、二代と見たから、

「初代に似ておりますが……」

と、ていねいに答えた。こういうとき、ぼんやり、柔かくいうのが鑑定家の儀礼なのである。所蔵者は、自分に都合のよい結果に受けとって満足するだろう。この軸には、元治元年にあたる甲子歳子月子日子刻一立斎と署名し、広重印の落款があった。陽刻の広重印は、たしかに見覚えがある初代広重愛用のものであった。

恵比須、大黒天のような縁起物は、最初から売絵という楽な気分で筆を採る。このなかから、初代、二代をかぎわけることは困難だが、心を澄ますと自然に感応してくるなにかがあって、初代広重ではないことを教えるのである。落款は広重の死後、二代が自分のものに押したのだろうと植木さんは思った。

二代広重が甲府へ来たのが、元治元年であるとはっきりした植木さんに、若尾謹之助がまとめた「甲州年中行事」の中の道祖神幕の謎を解く興味を与えた。「江戸名所（初代広重）緑町一丁目破損により次二代広重を用ゆ」という記載のことである。

二代広重を初代の真筆と多くの人たちが見ちがえるほど似てきたのは、単なる模倣でもなく、また、贋作しようとしたのでもなく、自然にそうなったまでのことである。二代の初代に対する傾倒であろう。初代広重が娘婿に迎えたのは、この弟子を愛したからである。

嘉永三年の「甲斐の手振」に拠ると、画家の名はないが、緑町の道祖神幕が「江戸名所」で、柳町は「東海道五十三次」である。初代広重は下絵のなかから、柳町の道祖神幕を描いたとみて差支えないようである。また、「江戸名所」も、初代広重だろう。初代は安政五年に死んでいるから、二代目をついだ広重は五年目の元治元年に「江戸名所」を描きかえたのである。天保十二年に描いた初代広重の「江戸名所」は二十一年のあいだ使用したことになるので、道祖神祭は四日間なのだから、八十四日の使用にすぎない。だから、「甲州年中行事」に見える「破損」は考えようもないことである。初代広重の道祖神幕が、「大はしあたけの夕立」の構図にしたがったものとしたら、地味で、はなやかな祭りには、最初から不適当なものであった。これは、作品がすぐれていることとは別なことである。もっと大衆に親しまれる道祖神幕を、二代広重に依頼した。それが「大橋あたけの夕暮」であり、二代広重で落ちつくと植木さんは思った。

植木さんの、初代広重の下絵発見は、「甲陽新聞」の記事になったが、すぐに中央紙にも採りあげられた。

「浮世絵」に植木さんは下絵発見の報告記事を載せることになったが、これに関連して「大橋あたけの夕暮」は二代広重が元治元年に描いたものであると決定づけられていた。

私が研究室で、鈴木教授の手から、植木さんの書いた「初代広重の道祖神幕下図発見報告」を渡されたとき、印刷所へ入稿のための指定をしただけで、内容は校正のとき、はじめて読んだ。私たちの幕が、二代広重になってはたまらないと思ったので、兼久さんにすぐ知らせたが、

「鈴木先生は、うちの雑誌の顧問なのに、それに楯突くことはできない。今思えば、あの幔幕を見つけたとき、すぐに先生に見せたら、よかったんだ。鈴木先生に解説を頼んだら、こちらの持ってゆきようで、初代広重になっていたかもしれず、そうなったら、もしも、二代であっても面と向って反対説は書けないからねえ。先生は、最初に見せなかったことを根に持っているらしいんだ。その証拠に、一度も、幕を見せろといわないじゃないか。植木は、今度は地方紙だが、後押しがついているから、気をつよくして、今度の発見からみれば枝葉のような、こちらの幕を引きあいに出して、学界に確認させようとしたんだ。先生の眼を通してから、こちらへ原稿をまわしたのも、植木にすれば、考え抜いたことなんだ」

私は兼久さんの言葉をきいて、思い当たることもあった。

「植木さんは学者だから、論理の運びはうまいが、言うように初代広重が汚損でないとしたら、その幕を誰かが大切に保存したろうじゃあないか。初代と二代のひらきがどんなに大きいか、これを作品の価値ではなく、ぴんと金高でひびいてくる商人でなくちゃあ、ここはわからないことなんだ。女だって、ただ、着飾らせて眺めていたのではわからない。女として使ってみなくちゃあ。あんたが、巾着だということだって……」

私は、兼久さんが、争う相手と喧嘩することができないので、気持がすさんでいるのだと思った。私は、この頃、巾着はどういう意味か知っていた。なにも、兼久さんには、かまととぶる必要もなかった。

私は、ふと、降屋の妻の能面のような顔を思いだしていた。ここに道祖神幕があることを、どうして知っているのかといったとき、おびえたようになった。知られてこまることだったのだろうか。これは盗品を手に入れて、秘密に伝えてきたのかわからない。

私は兼久さんに、自分の考えを述べると、

「今の若い娘さんたちは、推理づいているからな。案外、的を射ているかもしれないよ」

と、あざやかに笑った。

兼久さんが、その日は、私を横浜へいっしょに連れてゆき、山の手のホテルで休憩した。

「そろそろ、眼にきて、脚にきた。私たちの商売は、眼が大切なんだ。眼がかすんでは、商品をみる眼があまくなる。伊勢喜が仕事にこらなくなったのは、そのせいなんだ。こんなとき、あせらず、じっくり構えるに越したことはない」

私は、シャワーを浴びたのち、大きな窓に顔をよせて港の灯を見ていた。ちりちりと動く灯が、かっきりと見えた。

私はおかっぱにしているので、頭は洗いやすい。兼久さんは、どれといって、私の頭を洗ってくれた。めずらしいことであった。

あとで考えると、残された者にはなにかが思いあたることになっていて、死んだあとに意味を見つけるのだろうが、今晩の兼久さんは、なんとなく、ちがっている気がして、私は北鎌倉の駅まで送っていった。

私は、兼久さんの家も、奥さんのことも、自分のなかにいれたくないと思っていることを知っている兼久さんは、私を置いたまま、鉄路に沿った道を歩いて行った。少し、肩が大きくゆれるようだと、私は上りのホームから見ていた。

兼久さんは、その夜、急死した。病名は脳溢血。

伊勢喜さんは、編集に出たばかりの私に電話で知らせてくれた。

「どこから、知らせてくださったの」

「北鎌倉さ。やはり、君は顔を出さない方がいいな」

私は、伊勢喜さんのおっしゃるようにします。なにか、私にできることがあったら、おっしゃって」

「伊勢喜さんにしっかりと返事をしていたが、電話が切れると、急に自分の現在の立場が考えられてきた。急に涙があふれた。

未亡人は、兼久の店をつづけるような人ではなかったから、伊勢喜さんが後始末をして、店を閉じることになった。私は、伊勢喜さんから三百万円渡された。もしものことがあったら、春画を売り払って、それを私にやるようにと兼久さんから言われていたのだそうだ。私は、素直にもらって、今のところへ引越してきた。

「これは、誰にもわからないことだ。私が先きに逝けば、兼久が私の女を見てくれるという約束だったんだ。残った私は、また、誰かへ頼むより仕方ないが、兼久のように肚をうちあけた友だちはできそうもないからな」

「どうして、私に、教えてくれなかったんでしょうね」

「私たち遊び人の古風な夢さ。そっと気のすむことがしておきたかったのだ。私のも、なにも知らないものだから、このクソジジイなんかどなりちらしてばかりいる」

伊勢喜さんは田園調布に住んでいる。この建売を買うときも、登記所などへいっしょに行ってくれた。

谷中に兼久の墓地があるので、命日には伊勢喜さんといっしょにお参りする。

伊勢喜さんは、私に兼久さんを思いださせるように話をしかけ、私がだんだん哀しくなって来ると、兼久さんとのきわどい事柄を聞きだしたりして、いじめる。そんなとき、伊勢喜さんは、無感動のようにいう。天気のよい日は墓場を見たり、博物館をのぞいたりする。

この前の墓参りに、

「私は女の生きる、すべてのことを兼久さんにおしえてもらったから、誰を好きになる気もしません」

と、私は伊勢喜さんに言った。

「そんな若い顔をして、信じられませんな。私たち、古い時代にそだった者は、決して、友人の女には手も触れないし、また、盗ったりしないことになっている」
と、ぼそぼそ無感動に言った。

暗い血

あなたと知りあったのは、お花の先生の志賀のおばさんを通じてでした。志賀さんとは、同郷でお親しかったのですね。

私が茣蓙《ござ》の上で、えにしだに鋏を入れていると、

「どう、節ちゃん。いい内職があるんだけれど、やってみない？」

斎藤茂吉の「赤光」を浄書する仕事で、私は、ああぜひやりたいわと申しました。まだ、学校にいたときに、国語の先生に連れられて、神田の東京堂で開かれていた歌集の初版本の展覧会に行ったことがあって、飾棚におさまった「赤光」を見たことがあったのです。なかに連作の「死に給ふ母」があることや、著者が赤光の絶版を宣言しているのも聞いていました。赤光のとなりに土岐哀果のＮＡＫＩＷＡＲＡＩが並んでいたことまで思い出し、「いつまでかしら」と私は徹夜をしても仕上げる気になりました。

私は当時、牛込の神楽坂にあった銀行に勤めていて、数字を帳簿に書き込む灰色の生活をしておりましたので、翌日、四時の退社時間もそこそこに、大学の国文学研究室にあなたをお訊ねいたしました。その頃、図書館の裏口にあった黴くさい薄暗い部屋は、二、三人の学生を相手に副手のあなたはひとり残っていて、すぐに時計台の下に近い構内の喫茶室で、浄書についてこまごまと、例えば誤植とあきらかにわかっても原文のままに写し、そこに赤い印をつけて置くことや、字数を組まれた通りにすることなど注意をなさって、借りた本だから十分に気をつけて欲しいと私がしっかりと鞄にしまってからも不安げに見えました。

あなたは学者の生活を知らない娘だと考えているふうなので、高尾順三郎の縁続きの者だとつい口にだしました。

あなたは、高尾先生の、と私の顔をまじまじと眺め、そうでしたかとつぶやきました。

私の父方の祖母の静子は、仏教哲学の高尾順三郎博士に若い頃から世話になっており、高尾が名誉校長をしている学校を卒業したことなど初対面のあなたに言っていたのは、別に他意はなく、学者の生活に幾分かの理解があるのを知って戴きたく思ったからですが、梵語の世界的権威で、学士院会員の高尾順三郎博士を仰ぎみることに、あなたは気押されて、なにか遠縁にあたるとだけ受けとったのは好都合なことでした。

佐山という私の家のことは、そののちも、あなたに申しませんでしたが、私の家は祖母の父の代に、埼玉県の川越から出てきて、神田淡路町に下宿屋を営んでおり、その当時下宿していた学生のなかに将来政、官、学界に名を馳せた人達が輩出したのですが、高尾順三郎は当時の苦学生で、佐山の世話になることが多く、卒業後も大学に残り、助教授になって洋行するまでいて、やがて帰朝してからも屢々出入りしていたようですが、私の父である春夫を擁えて、若くて未亡人になった静子とのあいだに、いつしか賢作という子供ができるようになり、鎌倉の腰越に別邸を構えて、月に幾度か世間態をはばかりながら顔をだす高尾を迎える生活をするようになったそうです。

祖母は戦争中に八十二歳の高齢で品川の寓居で死にましたが、賢作は十九歳のとき鎌倉で肺患で死亡してからも、高尾の訪問は絶えなかったのですが、祖母は生れつき浪費家であり、企業的な気風もあって、品川に火葬場を設けるときの発起人として動いていて、土地買収にからむ疑獄事件が発生し、自然に高尾の名も世間にでることになってから、決して足を踏みいれなくなったようです。しかし、死ぬまで月々の仕送りは高尾の門下生を通じて行われ、女中一人相手の気儘な生活に事を欠きませんでした。高尾との行き来が絶えて四十年近いあいだ祖母の月々の生活をみた高尾は、祖母がなくなってから、間もなく自分の過失を償ってほっとしたように世を去りましたが、祖母の死が早かったのはしあわせのことでした。

「品川のおばあさま」の言う「おじいさま」は、世のなかの表面から完全に姿を没した形のものであり、原語から直接に訳した大蔵経の国宝的な偉業で知られる高尾順三郎博士との関連は、祖母静子が博士の妾であること。その子の賢作は、私の父の春夫との異父弟であるだけのことで、巷塵にまみれた人情のひとかけらに過ぎません。

私が不二女子学園の入学試験のときに、祖母が書いた手紙を持参して、いちど高尾のおじいさまに逢ったことがあります。

眼がとびだしたように見える強度の眼鏡をかけた高尾のおじいさまは、手紙を読み了えた眼を私に移し、

「おばあさんはお達者かね。宜しく言うように」

と申された精悍な顔に、淡い後悔めいた皺がきざまれているようでした。私がおじいさまと

呼ぶことができないのがさびしく、扉のそとに出ようとしたとき、

「ちょっとお待ち」

と、机の抽出をさがし、一本の墨を呉れました。

「お前は、おばあさん似だな」

と私の顔をじっと眺めました。

私が祖母にそのことを告げますと、

「まだ、私の顔を覚えておいでかね」

と涙を浮べました。

私の父の春夫は祖母が鎌倉に住むようになって家に残され、成人し、学校を終えて日本銀行に勤めました。それも下宿していた人が、もう枢要な位置を銀行で占めていたからで、私が五つの折に外房州の海岸で長い療養生活のうちに腸結核で死ぬまでの費用に事を欠かなかったのも、その人の取りなしによるとのことでした。そのときに妹の組子が母の仙子の腹にできていました。小石川の牛弁天近くが当時の私どもの棲家で、組子がよちよち外で遊ぶことができるまでのあいだ、母が何ひとつせずに暮してゆかれたのは、家にあったものを売り喰いした以外は、品川の祖母からの補助があったからで、間接には高尾のおじいさまの世話になったことになります。

私の母の仙子は、産れおちるとすぐに、神田の駿河台で洋服店を開いていた長野多助の養女

になり、養母の咲に育てられ、女子職業を出て白木屋の女店員になっていて、私の父に見込まれたのだそうです。ヴァイオリンの個人教授を受けていた母は、やはりそこに通っていた父と知りあったのだそうで、自分の持場になっていたネクタイの売場で附け文をされたのではなかったと申しますが、あるいはそうかも知れません。廂を大きくだして、リボンをつけたハイカラと言った髪を結び、小脇にヴァイオリンを抱えた若い頃の母の写真がありますが、生活苦をちっとも感じさせないおっとりとした様子で、その頃百貨店の女店員は、嫁の口を探すに恰好な場所で、行儀見習に良家に行くのと同じ程度のものであったらしく、また、洋服を作る仕事は当時としては尖端を行く商売であったことも事実のようです。

私の父が佐山を名告《なの》りながら、母の両親と同棲していたのは、ひとり娘のために手離しがたかったせいもあるでしょうが、孤児にひとしくなっていた父の春夫が、家庭的な雰囲気に触れたかったためとも、そんな母を好きになった弱みともとれます。

父に死なれて生活がくるしくなってきたのが私にもわかるころ、昼日中、男の人が時折姿をあらわすようになり、決って母から小銭をもらい妹といっしょに外で遊ばなければなりませんでした。刀剣の鑑定をする本阿弥光逸という人は体ががっしりしていて、私どもを見てもにこりともしないような親しみがたい人でしたが、母が、

「おじさんがいらっしゃるうちはお邪魔だから、遠くで遊んでくるのですよ」

と私達をせきたてるのでした。

あるとき妹の組子がうんちがしたいと言いますので、家に連れ帰ると玄関に錠がおりていました。

耳の遠い祖母の咲子が階下にいる筈なのに、ひっそりとしていました。私は無気味に感じて、戸をあけようとする組子をだいて、逃げるようにして、どこかの露路奥で用をたさせました。

私はその男と母のあいだになにかあるとおびえたころ、小石川の護国寺前の青柳町に引越したのですが、そこで薫という男の赤ん坊を産み、やがてその子は先方に引きとられてゆきました。本阿弥は決して夜に来ることもなく、また、泊って行った覚えもありません。そして薫がいなくなってからは全然姿をあらわさなくなりました。私はやっと青柳小学校にはいったばかりでしたが、子供が生れるという考えが、あの男の訪問とむすびついていて、不安にかられていたのですが、どうしてか、それと同時に母の仙子は、早くに死んで顔も知らない長野多助が、どこかで好きな女に生ませてきた子にちがいないと思うようになりました。祖母の咲は耳が遠い上に猿に似た顔で、落ちくぼんだ眼は「芋穴の螢」と渾名されていました。芋を引き抜いた土穴のなかに落ちた螢のように額の底で光っている眼は、世のなかの美しいものを、いつも、のろっているようでした。長野多助が横浜で洋服の裁断と縫いを教わった人の咲は娘であり、頼まれて妻にしたので、愛情は薄かったようです。

期限附きで借りた空地をたがやして、実った収穫を得るに似た本阿弥の行動から、母の暗い出生を想像したのは、私の臆測に過ぎないのかもしれませんが、大柄の母が薄く化粧した姿は、子供ながら美しくただれて見えました。

本阿弥との交渉が絶えて、母は生命保険の勧誘員になりました。夜も遅く帰ることが多く、そんな折は酒くさい息をして、水道の蛇口からごくごく水をのんでいる母の二重頤《あご》の下にのぞかれる蒼みわたった肌は、ねっとりとまばゆいようでした。

祖母の咲は口ぎたなく、「この尻軽る」とののしるので、私はいつも母が早く帰ってきてくれるといいと思いながら、銀杏樹の並木や、護国寺の青い屋根を眺めるために二階にあがってしまいました。

死んだ父の友達の口ききではじめた保険の勧誘員は、固定給は名ばかりのもので、契約後第一回の払込みが収入の大部を占めており、したがって大口の契約をとろうとして、ついに相手に身を任せる危機にたつことも屢々なのが祖母の口裏から察せられました。耳の遠い人に特有な調子はずれの高声で、母の帰りが遅くなると、たてつづけにどなりたてるのをきいておりますと、体のなかに小さな虫がわいてくるような不快を感じるのです。品川の祖母から貰った桐の文筥《ふばこ》が、二階の本箱のなかにしまってあったのですが、筥の表面に、おしろいをかためたようにくっきりと浮いている菊の、花弁の数は十六で、祖母が友達の女官からゆずられたもののことでした。そのなかに天子様のお箸というのが奉書にくるんではいっていました。一尺ほどのしなやかな楊で作られたお菜箸みたいなもので、一回毎に棄てられるのだそうで、祖母が明治天皇様がお使いになられたものだからと申しましたが、たしかに箸の端にしみが見えました。それに高尾のおじいさまから戴いた支那の古墨をいれて古代紫の紐で結んで大切にしておりました。私の母の帰りが遅く、祖母が喚きちらすのを逃れて、本箱のなかから私の秘密をとりだし、じっと眺めていると清らかな気分になるのでした。

その夜も、風に雨さえまじってきて、窓に飛びちった銀杏の葉が貼りつくのを見ながら、女とはかなしいものだと母のことを考えながら窓に倚って、通りを気遣っておりますと、ヘッドライトに眼がくらむほどの勢いで自動車が家の前でとまりました。私はおやと驚きの声をあげ、文筥をいそいで本箱のなかにしまい、階段を降りて行きました。

玄関に泥まみれの白足袋が脱ぎすててあって、亢奮した母が皮のジャンパアをきた男と部屋にいて母が私をみるとちょっと泣き顔になり、

「この方に色々お世話になったのよ。節子からもお礼を言ってね」

と申します。私は見なれぬ男の人なので、もじもじと挨拶をしてお茶の支度にとりかかりました。

保険の契約をするといって待合につれこまれ、相手にいやなことをされそうになって、雨のなかをはだしで飛びだしたのを、運転手に助けられたのだそうですが、その運転手の主人が契約を求めた男なのでした。母は初対面にしては、なれなれしく前田さんと言い、

「どうせ、帰っても、あなたの主人はもう雇ってはくれないでしょう。私のためにとんだご迷惑をおかけすることになってしまって……」

と、どっちかと言えば、私にきかせるように言うのは芝居じみていました。そして、女世帯ですが、もし失職なさったら、当分のあいだ二階にいて職をさがしてくれた方が、気が楽だと言い、

「どう、節子、お前が二階から降りて、この方にお部屋を貸してもいいだろう」

と私の同意を強要いたしました。私は母の帰宅が遅い原因もわかった気がして、ええ、どうぞと無口な前田に言い、おばあさんさえよかったらと申しました。あとで祖母に聞いたのですが、母はすでに、前田の子の彰一を妊娠していたのだそうです。

私は間もなく前田宇吉という運転手に二階を提供し、玄関脇の三畳間に降りました。前田は歩いて車庫まで十分ほどの大塚辻町のツバメタクシイに勤め口がきまり、円タクを流しているようでした。一昼夜交替で、休みの日には浅草六区などに私達を連れて行ってくれたり、帰りには祖母に土産ものを買ってきたりして、前田が来てから、めっきり帰りの早くなった母は、夕食後私と組子を連れて二階に遊びにいったり、一時は愉しい生活でした。

前田の大きな膝にだかれるのが好きな組子に、私はきんきんした声で二階にいっちゃだめよと言ったのは、母が死んだ父の着物をほぐして、丹前に仕立てたのを前田に着せてからでした。

祖母は、私の袖を引いて、

「また、母さんの腹がふくれているんだよ」

と言い、それをたしかに母は聞いていて、ひとりでゆったりと落ちつきはらって、二階にあ

がってゆくのでしたが、すると私の頭はいっしゅんにからっぽになって、耳が天井裏に貼りついたようになるのでした。前田は男の癖に母がたっている台所にはいり、揚げものなどを手伝って、何かみだらな言葉を使うらしく、母は、まあ、いやらしいとたしなめたりするのですが、その声は色めいて浮き浮きしたものでした。

あんな前田のような無教育な男に、母はどうして夢中になっているのだろうと腹だたしくなるのでした。

私は母を盗みとった前田という流し円タクの運転手を憎み、前田とは口をきかなくなりました。母と口をきいていても、前田が話のなかにはいってくると席をはずしました。前田と母の仙子をいっしょに考えると、いやらしい女に思えてきたからで、祖母といっしょになって、とうとう、前田を追いだしてしまいました。前田を断ることは私たちにとっては母を失うことになっていたのですが、もう我慢がなりませんでした。前田といっしょに母は本所のガレージのなかに住み、彰一を生みおとしました。

母の仙子はそれと同時に前田に籍をいれ、佐山は品川の祖母と私と妹の組子だけになりました。一緒に住んでいる母の養母の長野咲は、ちょっと孫の私に気をつかうようになったのは、私は十七歳でしたが女戸主で、私達の生活費の大半は品川の祖母から出ていたからです。

前田宇吉一家を憎む意味で、祖母の咲と私が共同戦線をはり、妹の組子は同じ陣営に引きいれられていただけなので、組子は時折本所の母のところへ遊びにも行きました。

私が女学校を終えて、牛込の神楽坂にあった銀行に勤めることになり、不安な侘しい生活を続けておりましたが、いつも私の心の倚りどころになっていたのは、文筥のなかに納められた天子さまの箸と支那の古墨でありました。

組子がセーラー服をきて、登校前のオカッパをくしけずりながら、

「ねえさん、こんな生活をしているのはやめて、やはり、お母さまといっしょに暮そうよ」

何気なく言うのでしたが、私の気持にしみました。

「ええ、そうしようか」

どちらからともなく寄りあう機運もあったのでしょうが、組子が仲にたって再び前田達を迎えるようになりました。

久し振りに見る母の仙子は無雑作に束ねた櫛巻で、下町風の女になっていました。

私は母の膝から、彰一を抱きとって、

「ずいぶん、大きなお目々ね」

と女戸主らしい大人びた口をきいて、近所のおもちゃ屋でがらがらを買って与えなどして、母の傷口にはもう触れまいとする心遣いもするようになっていました。

「お父さんも喜んでいたよ。お前たちの生活には干渉はしないつもりなの。こっちが置いてもらうようなものだからね。節子もいい娘になったね」

母はしおしおとした眼をして、他人のように私を眺めたりしました。

私は夕方からきた前田を「お父さん」と言わずに「おじさん」と呼びました。はじめに「前田さん」と言っていて、自然にところをえた相手に、いちばん似つかわしい呼び方と思ったのです。

あなたは「赤光」の浄書を認めて、また、相談のうえ色々と仕事を出そうとのことで、矢来下の電車の終点で待っていました。約束の日は生憎の雨で、六時に見えるというので四時に退社した私は、いったん家に帰り、洋服をセルの単衣に着換えて傘の柄をくるくる廻しながら遠くを見て待っていました。私はひどい乱近視で、二、三間先きもはっきりしないのでした。あなたの、やあという声にびっくりして、ほんの形ばかりの肩上げをした自分の肩をながめ、あなたが、だいぶ、待った？　と言われるのに、ええとどっちともとれる返事をして、いっしょに喫茶店へはいりました。

前田と同じ年頃の、短く苅りつめた頭に、ちかちか白いものもまじる、黒い背広のズボンはよれよれで、しおたれたあなたを、私は長いあいだめぐりあいたく思っていた人にして、戸の外の電灯に光りだされた雨を眺めて、だまっていました。じっとしていても、私の思いがあふれ流れて通うように決めていました。

あなたが専攻されている鎌倉室町時代文学の参考文献の索引カードの作成が、私の主な仕事で、腹がやぶれそうな鞄から取りだされた幾冊かの本を中心に、作成方法を事務的にあなたが説明されたのでした。鎌倉室町時代文学を研究するためには、どうしても平安朝時代に遡るので、木活字本以外の写本を読みこなす力がなければならぬとのことでした。私にそんな能力があるか不安になって、おさしつかえなかったら、お宅に古写本の勉強に伺いたいと申したのですが、あなたの住居は練馬の方で不便なゆえ、週に一度は私の家に来て下さることになり、そこで改めて自分の住所をお伝えしたのでした。

できるだけ多くの実物にぶつかる以外は、古い本を読みこなすことができないと、私に色々な古写本を与えて、相当に無理な勉強を強いましたけれども、あなたが土曜日の午後から、私の家の二階にお見えになるのが、待ち遠い思いで、校訂の行きとどいた活字本と対照しながら判読しているうちに、いつか身についてきて、きたならしい虫喰本を読むのが、たのしみになりました。

あなたは男の学生よりも進歩が早いと申されましたが、私にすれば、本を読むのではなくて、あなたを読んでゐたとさえ思われるのです。

長い仕事のあいだに、遠くは徳島の光慶図書館までいっしょに参りましたけれども、あなたとのはじめての旅は、水戸の彰考館の曝書をねらって、所蔵本を閲読しようと企てたときでした。

五日泊りでゆく予定のあなたは、私にいっしょに附いてゆけないかとのことで、

「私はごいっしょしたいのですし、勤めの方も一年のあいだに二週間は休暇がありますから。ただ、母がなんと申しますか。先生から話してみていただけません？」

あなたに奥さまがいらっしゃることは知っておりました。志賀さんは、あなたが在学中から

仕送りを受けていた人の娘さんを貰っており、研究室の手当と二、三の学校に講師をしていても、交際費にも足りず、学位論文を仕上げるまでは、その生活補助はつづけられるだろうとのことでした。

はじめて家に見えたときに、母は、

「先生は、まだ、おひとりなのかね」

といい、私は知っていて、

「さあ、きっとおひとりなんでしょう」

と答えました。女手がかかっていない無雑作な服装が、そう思わせたらしいのですが、私は、もうあなたに心を傾けていたためらしいのです。

おひとり暮しのように家では思っていると申しますと、

「じゃあ、僕の家のことは知っているんだね」としばらく考えてから、「どうして、僕をひとりものにしたのかね」

私はいっしょに歩いている道を眺めながら

「どうしてって、ただ、私はそうしたかったんです」

と、ため息をつきました。

母は意外なほど、たやすく許してくれました。そのころは何につけてもあなたのことばかり噂して、妹などには姉さまの先生狂いと笑われていたのでした。娘の私のなかに育っている女という目覚めを認めることで、母のなかに隠されている女を私に知らせて、前田との関係を有利に導こうとしていたのかもしれません。前田は、桃色の羊の皮で覆われた優美な旅行用の小型トランクを買ってきてくれ、はじめてのように親しく口をきいて、

「今度、旅行から帰ったら、銀行の方は辞めて、杉村先生の助手だけにして貰うといいね」

と勧めたのです。そのころはあなたから月々の手当をもらっておりました。

私に前田の立場を説明いたしませんでしたし、あなたが奥さまのことに触れないように、母も、前田の妻であることは、当時は言ってなかったようでした。

あなたが玄関から二階に通るまでのあいだにあるお茶の間に、もし、前田がいたとしても、おそらく近所の男が遊びに来ているとしか見えないように粧《よそお》っていました。それは八畳間を通るだけの、ごく短い時間でしたが、無理に調子をあわせた前田の心遣いは、男としてはやりきれない不快なものであったに違いありません。

旅にでる私をあなたに渡して、この娘はねんねでなにも存じませんから、と母が頼むのは、新婚旅行に似ていました。

私たちは、彰考館で、いくつかの新資料を発見したのですが、あの了覚本「松が枝」を巻頭も巻末も欠損した端本として、私が探しあてたときの喜びは未だに忘れることができません。了覚の右下りの筆癖を私がおぼえていて、

「了覚の写本ではないでしょうか」

と申しますと、どれとあなたは手にして、入念に調べまして、了覚目録には載っていて、未見の古謡集「松が枝」と推断されたのは、もちろん、あなたでしたけれども、私の素樸な勘が了覚の筆蹟を言いあてたのでした。あなたの論文のなかでも、かなり重要な位置を占めているそうで、冷たい炎のような理性が強いうねりをもって拡がってゆき、たしかにそうだと決定されたときの亢奮、すべてを焼きつくすような歓びは、私が生れてはじめての体験でした。

万巻の古書を渉猟したわけもない私が、了覚本と断定したときに、あなたはほとんど信用しなかったと思えるのです。それだけに喜びも大きく、その功績の大半は私にあるようにさえ言って、節子は仕事の上の妻だと体をだきすくめたのでした。あなたは毎日の仕事に疲れてか眼が少し寄り気味で、大変に感情をたかぶらしておいでででした。私はうっとりと体をなげだして、あなたのためには生涯を捧げようと思ったのです。

私はそこではじめて心臓弁膜症の激しい発作に襲われました。知らない土地で、男の人と泊ったのですし、あなたは夜明け頃まで決って起きて仕事をしており、さきに寝床についてもなかなか眠ることができませんでした。生活の狂いに疲れたためもありましょうが、苦痛のかたまりに似た圧力を左胸部に感じて意識が混濁し、やっと気がついたときには宿の女中さんと医師が枕元にいました。

あなたはしきりに母を呼ぼうと言うのでしたが、誰も来てくれなくともいいと断って絶対安静にしておりました。

私はそれを機会に銀行をやめて、あなたの仕事を手伝うだけになったのですが、心臓弁膜症は生れつきのもので、結婚生活には耐え難いことを医師に言い渡されたときは遺《さす》がにさびしく思いました。

するうちに、祖母や母はあなたと肉体的な交渉があって、それが発作の原因になっていると も感じているらしい節が見えてきました。事実、私は結婚の不適格者と診断されて、あなたに対する振舞いも大胆になったようでした。母は結婚すると死ぬんだからねと念を押すように繰り返すのでしたし、祖母の咲は病気になっても家にすぐに連絡をとらなかったのに不信の根拠をおいているらしく、

「先生は子供じゃあないんだし、電報を打つぐらいできた筈だよ。宿ではいっしょの部屋だったのかえ」

と耳の遠い人に有勝ちな呶鳴り方で、母は耳元に口を寄せて、お床は別々だったんだよと大声に言いながら、私の腰のあたりをじろじろ眺めたりしたんです。

まだ旅行が楽なうちに地方に散在する資料を蒐集して置いてよかったと思うように制限がはげしくなり、また、大学の所蔵本も地方に疎開したりしているうちに戦争は拡大されて、いつ終るかしれない情勢になってきました。私は病気のために徴用はまぬかれましたが、あなたは学生といっしょに軍需方面への勤労が多くなってきました。戦争に直接の関係がある理科系統以外は完全に閉鎖に近い状態になりました。しかし、あなたは豊富な資料を中心に研究に従事

することができました。

あなたの学位論文のテエマは「鎌倉室町時代文学に現われたる庶民生活」でした。戦争の只中での仕事、ともすれば真空圏にはいったような窒息感と捉えどころのない空虚が、あなたの精神内部を領して了うらしく、それに、講師の仕事や執筆の依頼なども減って、生活に対する健康な弾力性も喪失されてゆくようでした。

あなたはしきりに私の体を恋しがって、手を握ったり、接吻したり、髪の毛を静かに撫でたりするようになりました。

――なにもかも、空しいことのように思えてくるね。

――あなたを好きなのも、そうなの？　空しいものを追いかけるの？

私たちはこんな気持で寄りあっていたようでした。

前田はそのころ住友の電波兵器を製作する軍需会社にはいり、社長の専用車を運転することになって、私達は芝浦の、夕暮橋の近くへ引越すことになりました。そこに社宅があったのですが、生れてから二十年あまり住みなれた小石川を離れて、見知らぬ工場地帯に越してゆくのは、心細いことでした。ですから、あなたに私は妹といっしょにここに残ってもいいですかとききました。

あなたは栄養失調じみた青い顔で、現在の生活では、とてもふたりを食べさせて行けそうもないと言いました。私はあきらめて芝浦に越す気になったのですが、それを機会にあなたの手当は断って、前田に頼るより仕方がないと決心したのです。その頃から前田の収入は夥だしい額にのぼってまいりました。会社の運転手を統率する立場にあり、新車の購入の際のコンミッションや闇物資の移動やガソリンの横流しなどのほか会社の重役の疎開などの雑収入が主なものでした。前田は金放れがよく、同僚にも親まれておりました。また社長の信用も厚く、妹の組子が陸軍大臣官房に給仕として徴用されることができたのは、社長も蔭から力をかしてくれたのです。

あの頃のあなたはいちばんみじめに見えました。前田は、配給の煙草にも不自由しているあなたに、心からの厚意ですすめているのは私にも充分にわかっているのに、あなたは妙にもじもじして、そっと手をだし「すみませんな」とうつむき加減に喫われる卑屈さで、私はあなたの仕事部屋にあてるようになった部屋に、妹に頼んで省内の売店から手に入れた煙草を用意して置かなければなりませんでした。あなたは私に手当をだすこともできなくなったのに、こだわっているようでしたが、人間はその時の勢いにながされることはあっても、また、運がむいてくるのですから、平気で私に寄りかかっていて欲しかったのです。

ガダルカナル海戦の直後で東京が空襲されるなどとは夢にも考えることができなかったのに、前田は自分の郷里の北海道の北見に、母と彰一を疎開させようとしました。

船乗りの帽子に似た運転手の制帽をかぶった前田は、装身具なども金目なものをつけて、りゅうとした姿になり、パイプを横啣えにして、新型の高級車を乗り廻していたのです。母が、わたしのような手足まといを追っ払って、浮気をする気でしょうと実感をこめて言ったりするのを、前田はにやにや笑って聞いていました。やがて社長夫人が長野に疎開することになると、しかし、じきに北海道行きに同意したのは、女らしい虚栄心が働いていたのも事実ですが、その頃陸軍の首脳部と待合などで始終会合していた社長が洩らす言葉から日本の敗戦を前田が予知していて、戦局の推移もちょっと口をすべらせたように合致してゆくので、素直に北海道に疎開する気になったようでした。

前田は自分の家を継がずに、弟にゆずっていて、相当にやっているようでした。

母は前田よりは三つ歳上で、朝早くから夜遅くまで働いて帰る夫の世話をやくためには、疲労が濃くおしよせているふうで、適当な休養を必要としておりました。病身の私にも、戦争が苛烈になっては、耐えられまいと前田は熱心に母と一緒に疎開することをすすめました。私は生活苦に破れかかっていて、ともすれば研究を抛《なげう》つかもしれない不安をいつもあなたに感じておりましたので、どうしても残る気になりました。私が疎開すれば、あなたが私の家に現われないことは決っておりましたし、そうすれば、安定した場所を失うにちがいありませんでした。

私はいつも突然に襲ってくるにちがいない死病におびえておりましたが、母が疎開してからは、朝暗いうちに起きて、前田と妹の組子を送りだし、また、あなたが見えたときは夜更けまで仕事の相手をしました。私は三千項目にあまる研究資料のアイウエオ順に並べた索引カアドをそらんじていたばかりか、相互の関連性も頭のなかに整然と納めておりました。私は、もちろん、母に代って家のなかのことはすべて切り廻しておりましたが、そのためにあなたに対する仕事に支障をきたしたようなことはいっぺんもありませんでした。あなたが経済的にも心理的にも窮して、ひがみっぽくなっていたのは、教養のある人間のように表面には決して出しませんでしたが、内攻する感じで察することができましたので、前よりは手落ちなく動いたことは、あなたも認めているようでした。

私どもの住んでいた社宅には電話があって、連絡場所には好都合でした。交通地獄といわれるようになってから、よく、あなたは泊ることもあって、そんなときには祖母と同じ部屋に寝ている妹の床に私はもぐりこんで寝るのでした。私は妹が父の骨折りで陸軍省に勤めるようになってから、素直に「お父さん」と呼ぶようになっていました。

青柳町にいて、私が一戸を構え、あなたからの月々の手当てと品川の祖母からの仕送りがあった時とくらべて、芝浦に引越してからは、いわば、私は働きのない叔父をかかえた居候の気持になっていました。あなたに厚意をそそがせるためには、私はどうしても、前田に折れなければならなかったのです。

母の仙子は、彰一がいるので、「お父さん」と呼んでおり、それは子供のいる妻が「あなた」と言うよりは、しっかりと家庭に根をはった表現になるのですが、あなたは母が疎開してから間もなくのこと、私が前田のことをお父さんと呼ぶ声が、母とそっくりのものになってきたと言うのでした。私が洗濯した前田のワイシャツにアイロンをかけているのを、いやらしく見ながらなので、あなたは妬いているのかしらと思いました。

私は絶ゆることのない空想で綴りあげた性慾にくるしんでいました。私のところで、あなたは散々に性慾的な雰囲気を作りあげて、さあ、帰ろうとゆっくり腰をあげるのでした。そして、奥さまの許に帰ってゆき、はけ口をみつけた性慾が、そこに目的を遂げるのだと思い、あなたの性慾行動の、私は予備機関にすぎないのだとする想像が、あなたの前技のはげしくなるにつれて、あなたが奥さまに対する愛撫の執拗さを深く感じました。私が性生活に耐えない女だというので、その限界で私を可愛いがっていたと言うよりも、それを口実にしていたところがあったのです。もちろん、そう思う私にも、心臓弁膜症を利用して、煙幕のようなあいまいなものを残してはおりました。誰かに突っこまれても、言い逃れができるつもりでした。

夜明け方に台十に炭火をいれてあなたの仕事部屋にまいりますと、まだ家中が寝静まっているのを通り抜けるのに気を遣われてか、雨戸をくって、外で小用をたしておいでででした。

あなたはそのままで、鷗が飛んでいると言い、私は濡縁まででました。まだ薄暗い水面から、ぱっと鷗が空に舞いあがるさまは、古い新聞紙をちぎって撒いたように見えました。

あなたははだけた恰好で、湯気がたちのぼっているのに、私は平気な眼差をむけて、静かに受け答えをしておりました。そのあとで、火鉢の掃除をしている私に、

「まるで夫婦のようだな」

とあなたは感じたままを、ぶっつけるように言いました。「まるで夫婦のような」という感

じが、母が疎開してからの前田に対しても、自然にでていて、お父さんという言い方が、母の仙子と同じものをあなたに思わせる、なにかがあったのかもしれません。

琉球が落ちた翌日、妹の組子が、腹痛で早退してきました。私はすぐに床を敷いてねかせました。ひと睡りした組子が夜になってから、部屋をころげまわるほどの苦しみ方になりました。組子が突然陸軍省でくるしんで、軍医の診断をうけ、盲腸炎だから、すぐに陸軍病院に入院して手術を受けなければならないと言われ、小使室で休んでいるうちに一時小康を得たので、姉の私と相談してすぐに入院することにして、都電で帰ってきたのだそうですが、帰宅したときは痛みが去ったままだったので、開腹手術をするのがいやになって、だまっていたのでした。

私は近所の医師を呼び、前田とも連絡したのですが、医師の紹介で日本医大に入院させる手筈がきまって、翌朝、自動車で運びました。ひと晩の苦しみで、組子はげっそりとそいだようにやせてしまいました。私はどうしても組子をたすけたいと思い、不安な気持もあって心細く、あなたが見えたら、すぐに病院にきてほしいと祖母が耳が遠いので、留守をたのんだ近所の人に伝言してまいりました。もう、手遅れになっていたので、手術は一刻を争うのでした。

できるだけの徐行で、自動車が病院についたとき、手術の用意をするための蒸気消毒にかかっていて、煙突からは白い煙りがたちのぼっていました。私は奪うようにして看護婦さんが組子を寝台車にのせるのをみて、ほっとして椅子に腰をおろすと、ほえるように空襲警報のサイレンが鳴りわたりました。ボイラーの火は敵機が都心にはいる前に消されました。このために手術が三時間あまり遅れた割には経過は良好でしたが、しかし、懸念された腹膜炎の徴候があらわれてきました。伝研で試験中の、まだ市販になっていないペニシリンを打ったりして、入院して十一日目に死んだのですが、その日の夕方にあなたはひょっこりと姿をあらわしました。

あなたは入院した翌日に留守宅に電話し、組子が盲腸炎で入院したのを知ったのだそうで、すぐに若松町の陸軍病院に馳けつけたそうです。大変なあわてかたで、勝手に陸軍病院と思ったらしいのですが、軍装した門衛に親戚以外の面会見舞は、一切謝絶することになっていると言われたまま帰り、もう、全快したころと訪ねてゆき、はじめて日本医大と知って、来てくれたのでしたが、もう、数日前から組子の容態は悪化し、絶望を言い渡されていたのでした。私は妹の傍らに坐って、いつ急変するかもしれないと顔ばかりみていたのですが、あなたがドアをあけたとき、組子はすぐに見つけて、ああ、先生が見えた、よかったわねえ、姉さんと、むくんだ頰をいびつにして笑いました。どうせ、助からぬものなら、好きなものを食べさせようと、その日はアイスクリームを食べたいとのことで、前田は探し廻ったのですが、売っているところがなく、手製のものを作ろうと部屋の隅で働いていました。

組子が入院してからは、前田も毎晩いっしょに病院に泊りこんでおりましたし、あなたの顔を見るとほっとして、ひと晩ゆっくりと家に帰って休もうと言ったのです。

できあがったアイスクリームを組子はうまそうに食べて、前田は満足げにそんな組子を眺めていると、チョコレート色の粘液を吐きました。すぐに看護婦さんが来て、注射をしたのですが、細い血管が逃げて、幾度も遣りかえているうちに、ああ、疲れたと腕にそそいでいた眼をはなして、私の方を見たのですが、さっと黒い瞳が呑まれるように上瞼にはいって、体がぐったりしてしまいました。

組子が死んで、私はあなたの膝に体を投げかけて泣きました。はげしい泣声を聞いて、近くの病室にいる人達は、開け放されたドアの前に群れて、のぞきこんでいるようでした。あなたはやさしい言葉もかけずに、あなたの膝から荷物をずらすように、私の首をソファの上に置いて、ドアを閉めるために立ってゆきました。

すぐに遺霊室に組子の死体は移され、三人で通夜をして、その後も葬式がすむまで、あなたはずっと家にいてくれました。

四十九日を繰りあげて三十五日に組子のお骨を埋めたのですが、妹がいなくなって部屋は広々とし、自分の部屋にもじっとしておられないような寂しさを感じて、白い布で包まれたお骨の見える居間の方に居勝ちでした。お焼香の順番も、私の次が祖母で、その次が前田、それからあなたでしたから、顔見知りでない人達が大勢あつまったとしても、あなたのことを親戚の代表のように思っているようでした。父の会社の関係の人達といっても運転手仲間や、組子の勤め先の若い娘達のなかで、あなたは毛色の違った窮屈を感じておられるに相違ないと思っておりましたから、私は大へんお気の毒に存じました。若い娘さんたちは早く帰り、父の仲間は酒罎を傍らにたてて、のんだり、歌ったりして、はては花札を引いたりしました。

前田は、酒はあなたと同様にあまりのめない方でしたが、いっしょになって座をにぎわしておりました。私は銚子を持って、酒をつぎ廻っておりますうちに、つい戴いたりして、足もとがふらつくようでした。あなたはにがりきった表情で、ひとり離れているので、なんども私は、もう、じきですから、辛抱してねと頼みました。私は組坊もとうとう死にやがったと胡坐をかいて、泣きながら、酒をのんでいる運転手の人達に親しみを感じながらも、なにかこの頃あなたにぴったりしなくなった気持をとりもどそうと、打ちとけてお話しがしてみたく、どうしてもお泊めしようと決めておりました。酒のせいか感情が大きくゆらぎ、あなただけが私の寂しさを知っているのだとそっと指で突いたりしたのですが、あなたのかたい肩はなんの反応も示しませんで、今晩はとりこみのようだからと、皆と前後して帰られました。

私はあなたのために敷いて置いた寝床に、思いっきり足をのばして、仰向いておりました。冷たい涙が湧いてきて、生きているのをやめた方がいい、そして、あなたも死んじまえという気になりました。ひとつとして、大切なときに私を支えようとせずに、ほったらかしてしまうあなたを、当てにして生きてきた自分がみじめに感じられてきました。やがて立ちあがって、父のところにはいってゆきました。そうするより仕方がなかったのです。

父は私の気持を感じとって、

「組子が死んで家のなかに、どかっと穴があいたな」

と、いっしょに涙をながして、きつく抱きすくめました。

私はあまえて父の頬を、掌がひりひりするほどの力で、ぴしゃぴしゃたたきました。その度に私の涙は飛びちりました。

「お父さん、毎晩、抱いて寝てね」

と申しますと、よし、よしと笑いかけ、急に表情がとまって、こわばって見えました。

養父の前田は立ちあがって電気を消すと、私を思うようにしました。私の体のなかにばらばらに置かれていたものが、前田の手で丹念に組みたてられ、機関が調整されて動きはじめてゆくように思いました。私は愚かしいことですが、そのときに自動車の部分品を組みたてるときに、足をなげだして、ひとつ、ひとつ、ねじを締めあげてゆく前田の姿を、ふと思いだしました。

仏壇に供えた蠟燭の灯が前田の片頬にちろちろとゆらめいていました。私は病気の発作がおこって死んでしまうかもしれない不安にかられて飛び起き、乳房を両手で押えたまま、寝床にしゃがみました。白いシーツが血でけがされていました。

前田はうしろむきになって、

「節子は杉村さんとなんでもなかったのか」

と低く言いました。私はうんと吐きだす返事をしながら、だって、奥さまがいるのよと心のなかでさけび、前田にも妻の仙子がいるのだとはじめて罪を意識しました。

あなたは私が病身なので、そこまで行くことができなかったというのでしょうか。突きつめた愛は、相手を殺すことなど顧慮する余裕があろうとも思えないのです。妻がいても好きなものは好き。好きな同志がごっちゃになって好きなことをやっているうちに、自然にどうにかなってしまうのでしょう。私はあなたに愛されたために殺されても喜んだろうと思いました。

私は今、むかし読んだパピニの「キリストの生涯」のなかの、ヨハネ伝の第八章を思い出します。姦淫の女のところです。私の記憶にちがいがなかったら、指で地上に字を描くときのキリストの垂れさがった髪が朝陽に輝くうつくしい描写です。その後、聖書とひきくらべたら、キリストの髪のところは原文にはなかったのです。姦淫中の女を群衆がひきたててきて、モーゼの法律によって、石で撃ってもいいかとつめよったときに、キリストは身をかがめて地上に字をかいてから、

「なんじらの中、罪なき者まず石を擲て」

という前に、素朴な正義感に燃えた群衆心理に支配されて、亢奮した誰かが、もう、石でなぐっていた筈なのに、じっと答えをまっていたのは、ほんとうの群衆ではなくて、この人達は「学者・パリサイ人」で「イエスを試みて訴うる種を得」ようとしていたから、「老人をはじめ若き者まで一人一人いでゆき、唯イエスと中に立てる女とのみ遺れり」というお芽出たい結果になったのだと知ることができました。

キリストが蛇のような知恵で、現実を回避することができたのは、学者・パリサイ人が現実回避派であったからなのです。はじめから石で打つ気がなくて、ただ石を持ってみただけなのです。そんなことで、どうして、現実を変えることができましょう。そして、学者はそうした

ものなのです。私はあなたにいのちがけでしたから、あなたの愛情の限界を知らされました。前田とそうなってからは、どう堰とめることもできませんでした。他所目にはどう見えても、前田という男と節子という女がいるだけなのです。

しかし、このみにくい、できそこないの「姦淫」という論文の体系を組立てたのはあなたであり、学統は高尾派なのです。しかし、いのちを吹きこんだのは前田でした。私は前田と関係しながら、いちばん、なつかしく思うのは、あなたでした。或いはあなたと関係している錯覚状態で、傍系の仙子を忘れようとしていたのかもしれません。とにかく、それほど恋しいあなたが、しかし、私の前にあらわれると、今までとは違って、脱け殻のように頼りなく、性的な不快感にとらわれるのです。それは現実では、傍系としてのあなたの奥さまに対する不純から来るのかもしれません。

ですから、私は前田という男以外を考えまいといたしました。それまで、あなたの専用であった湯呑茶碗も、裏の岸壁から投げ棄てて、接客用の茶碗を使い、居間でばかり逢うことにしました。

あなたはそんな変化に眼をみはり、おどおどしておりましたが、私は気附かぬつもりの顔をさらして対しておりました。私が前田以外の男を考えないことが心の深部では、あなたを考えていることになっていたのですが、どう言ってみようもないことなのです。

空襲はいよいよはげしくなって、もう、末期も近いと思われました。田町の駅の陸橋が焼け落ちたときは、町のなかのすくない橋を渡って、前田は会社とのあいだをいくどもたずねてきました。燃え狂う炎で、前田の眉がちりちり焦げていました。

部屋のなかにいても、炎で赤く照らしだされた私の唇を、前田は狂おしく求めました。私は死んでもいいと思っておりましたし、祖母だけが壕に退避していました。私は家が焼けるときは前田に抱かれて死ぬ気でおりましたが、ほんの手前で火災は止ってしまいました。水道がきれて、近くの井戸に水を貰いに行っていた翌日の朝早く、あなたは熱気にむせながら、見舞ってくれました。しかし、ちっとも愉しくなかったのです。早く帰ればいいと思いながら、私はあなたの眼の前で、前田が愛用しているブライヤーのパイプをみがいておりました。

「それ、お父さんの？」

知っているくせにと思いながら、私は、

「ええ前田のよ」

と慎しみも忘れて申しましたが、あなたはちっとも顔色をかえませんでした。なんという鈍感さだろうと思いました。祖母は体が衰弱してきていて、あまり長くないと思われ、死ねばそのまま疎開から帰ってくる母に知れずに終ることとさえ考えたのですが、あなたは、ちっとも気づいてはいないと思っていました。

私はそのころ、前田と差し向いで、ふたりだけの食事をとることが好きになっていて、もちろん、祖母は病床に寝ついたままの方が多かったのですが、それを妙に勘ぐっているようでし

た。そして、

「一度、ゆっくりお前のことで、杉村先生にお願いしなくちゃね」

と祖母は私をおびやかすのです。

八月十五日の終戦で、すぐに私の頭にきたのは、やがて、母が帰ってくるということでした。私はいっさいを母の手に返して、また娘の座につくということがどうしてもできなくなっていて、毎晩のように前田に駄々をこねて困らせました。子供の彰一を擁えて、浪が凍る北見でもうひと冬を過すことは、死ぬようなものだと母から訴えた手紙がきました。もし、迎えに来ないなら、こっちで荷物をまとめて引上げてゆくといってきて、やっと前田はどこかアパートを見つけて私をかくまうつもりになりました。

私は、むざんに生き残った体をさんざんにいじめ抜いて、殺してしまいたい気持で、前田との毎夜のただれた生活に、眼が糸のように細くなるようにむくんだ顔で、あなたは、誰にも渡さないと叫び狂いました。前田は、では、どうすればいいのかと訊くのです。私は母が帰ってきても、決して同じ部屋に寝てはならないと言いました。命令のような激しさなので、前田は

「こまったお嬢さんだな」

とかたく約束するより仕方がなかったのです。もちろん、アパートにゆくまでは、私のところにも来てはいけないと申しました。

私は二年振りで母と彰一に逢いました。ふたりはすっかり田舎訛りになって、彰一はずんぐ

りと丈夫そうになっていました。

母は組子の位牌を拝んで、膝の上に涙を流してはいましたが、あきらめてしまったのか、そうとりみだしはしませんでした。母が動いてゆくあとを彰一はついて歩いてばかりいて、父の膝にだかれても、他所のおじさんを見るように盗み見をしていました。

私が台所で、きびきび働いているところに母が来て、

「節子、お前にもずいぶん難儀をかけたね。しかし、だいぶ、ふとったじゃあないの。疲れがとれたら、こんどはお前に楽させるからね。それまでたのむよ。どう、先生、見えるかい。筆不精なものだから、ごぶさたばかりしていたけど」

「ええ、ちょいちょい、見えるのよ」

「そんなら、いいけど」

母はいつものやうにべったりと前田の傍に坐り、

「やはり、どこがいいといっても、自分の家だね。慶さんには悪いけどさ」

と送ってきてくれた前田の弟の慶吉を見て、人が好さそうに笑うのでした。

母は何も知らないのだと思い、何か言いたそうにしている祖母が気がかりになって、

「おばあさん、どうも、頭が変らしいのよ。何を言っても、お母さまは気になさらないでね」

と私は言いました。

荒廃した東京の眺めに、前田の弟はすぐに帰りました。

母が疎開してからは、家計は私がもっていて、そのうちから、あなたにもできるだけのことはしたのです。そうなったからと思われるのがいやで、無理以上のこともいたしました。私が母に家政を直接引継ぐか、前田が切りかえればいいのでしたが、それがどうしてもできないのでした。前田は私の作った食べ物を母のより喜んでいたのですし、洗濯なども私がしつづけていました。

慶吉が帰るときの土産も、私が買ってきたのを母が不快に思っているのは、ありありと感ぜられました。

母が帰ってきたときに、祖母と母と彰一は同じ部屋に、前田と弟の慶吉、私は一人だけの寝床を敷いて、皆にそのように言い渡しました。

母は妙な寝床の敷き方をするというようにむっとしていました。しかし、それは慶吉がいるあいだは兄弟同志いっしょに寝かせようとするのは、私がまだ娘で、なにも知らないのだと思っているふうでした。

しかし、慶吉が帰ってから、祖母は一部屋にし、私は玄関に寝て、次の部屋に前田だけを寝かせ、その次の部屋に母と彰一の寝床をとりました。私は前田を母とのあいだにはさんで、監視しようとしたのでした。

「組子が死んで、家が広くなったのに、お前が玄関に寝るなんて変だね、それにお父さんと私たちはいっしょでいいのに」

そう言う母の声はふるえていました。私は、

「でも、お父さんは、とても体が疲れているのよ。夜だけでも静かに休ませてあげないとかわいそうだわ」

ときっぱり答えました。母は、

「よくそんなこと知っているね」

と口を歪めました。その翌晩の夜中に、

「お父さん、坊やの寝顔見てやってちょうだい」

と寝ている前田を呼びおこしている母の声をききました。寝たまま乗りだして、襖をあけた母のぶよっとした白い腕が見えるようで、私は息を殺していましたが、前田の声はちっともしませんでした。しかし、畳に吸いつくような母の足音がして、たしかに小半時前田の枕元に母がいたようでした。

母があなたにはじめてあって、わざと寝床をあげて、何か証拠をさがしだそうとしたように、言いつけたのは、その翌朝のことを言ったとすれば、母の愛慾に狂った状態で、私を見ていたからなのでしょう。そんな母をほんとうにいやらしく思います。

母はしきりにあなたに逢いたがりますので、私は電話でお呼びしたのです。

あなたがきて、門の前で、偶然闇市に買いものに出掛けようとする母とあって、そのまま家にあがらず、連れだって話された事柄が私を不幸に追いこむことになったのです。

私は今は何もかも諦めきっておりますし、また、あなたが母に逢ってから、すぐにお目にかかって前田との事も告白しました。その折に母がどうあなたに訴え、また、あなたが母に何を言われたかもおききしたのですが、あなたは私のことを、手にとるように知っていたのには驚きました。

私はあなたに詫びる必要はちっともなかったのですが、それで救われようとしましたのに、前田との話を切りだすと、すぐにやめさせて、知っていてどうにもならなかったとあなたは申しました。当時は母も私もヒステリックになっておりましたし、本当であっても大げさなところもあるように考えられますので、補足と訂正の意味を兼ねて前後の事情を申し上げましょう。

あなたが母を訪ねた日の前日の夜中に、たまりかねたように母は前田の枕元に坐りこんだのです。かなりの暴風でしたが、もう、誰に聞えてもかまうものかと言ふ風に、合の襖をあけて、あなた、あなた、どうしたんですか、私というものがあるのにと力ずくで小夜着を前田からはぎとろうとするらしく、はげしい息づかいと畳の上をずる膝の重い動きが聞えました。前田は遣り切れないように、頭がいたいんだ。そっとして置いてくれとしきりに哀願するのですが、

「いいえ、嘘です。私はみんな知っている。あなたは、あなたは畜生だ」

とわめきながら、前田を小突きまわして止めようとしないのです。やがて前田の喉をしめつけるようなうめき声が暗い闇のなかから伝わって来ました。前田が仙子に殺されるにちがいないと不安になって眼をつぶると、私の瞼のなかに赤や緑の色彩の渦がうごめき、体にふるえが

きました。倚りかかっている手で襖ががくがく鳴りうごきました。私は夢心地でお父さん、お父さんと叫んでいたようでした。すると急に隣りの部屋が沈黙にかえりました。

前田が仙子に追われて、私の寝床に逃れてきて、私といっしょに殺されることが直きに起るにちがいないと冷たい汗を流しておりましたが、前田が来てくれるでもなかったのです。私に悪夢のような夜があけて、母はどこかゆったりとすましておりました。

母と前田がいっしょにいるときに、節子が自分の部屋にひきずり込もうとしてお父さん、お父さんと叫ぶ声が耳の底にねっとりとこびりついて、地獄のようだと申したそうですが、それは母が捏造したんです。しかし、私が前田を呼んだ声は、野性にかえった犬の遠吠えのようだと思いました。

母はあなたと久濶の辞をかわしてから、買い物に出るたびに、娘から金を受けとってゆく生活は、年老いた女中のような存在だと愚痴り、

「節子も大へんな娘になっちゃって、まるで主婦気取りですからね。疎開するときに、近所の人達は、いくら娘でも年頃ですから、いっしょに連れていった方がよいと申しましたのですが、……私はまるで飼犬に足をかまれたようなんです。こうなったのも、先生に責任があります。私が行くときに節子の身の上をお願いしたのは前田ではなく、あなたでしたからね」

とすぐに門の外に立った儘あなたをせめたそうですね。しかし、母は私をよもや、そんなことはあるまいと信じていたのだそうで、そのときの母はあなたに私を説いてもらって、家庭の

切り盛りを自分の手に収めようとしただけだったんですのに、あなたは母の言葉をきくと、大変に暗い顔をして、

「私が伺うのを段々にきらわれるようでしたし、私はあぶないと思いながら、どうすることもできませんでした。やっぱり、前田さんとそうなっていたんですかね」

あなたはお気の毒な人だと母に言われたそうですね。母ははっと胸をつかれて、

「それ、なんのことです。歩きながら伺いましょう。私はもう大抵のことには驚かない年になりました。それにしても……」

あなたたちふたりは並んで歩きながら、あなたは、母から私が母と前田をいっしょに寝かせまいと妨害することを、微に入り細にわたり聞かれたのでした。

あなたは母に、どう考えても、私のことが心配でねむられない夜があり、朝の一番の電車にのって暗いうちに私の家に来て、そっと私の部屋をのぞいたら、空いていたので、前田の寝室にあてられていた部屋の窓からのぞくと、白い蚊帳をつって、前田といっしょの床に寝ていたと言ったそうですね。それまでの母はたしかに不安におびえてはいたのですが、それは妄想圏のなかを狂いまわっていたのです。それにあなたは具体性をあたえてしまいました。

ああ、それは死んだ組子の三十五日の夜明にちがいありません。あなたは、私のことが心配でと申したそうですが、嘘です。あなたは耐えがたい嫉妬に苦しみ、さいなまれていたのです。その夜、私は娘のいちばん尊いものを失ってしまいました。そうなら、なぜ、私の体を男らし

く、正々堂々とあなたは求めなかったのですか。私は娘でしたから、自分の本能であなたに体をぶっつけることをしらなかったのです。今の自分ならばそうできるのに、もうできないのです。あなたは私をあんなに抱擁したことも、あれほど唇を盗んだことも、母の前では、おくびにもだされなかったのですね。もちろん奥さまがあることも。そして学者らしい偽善ですべてを塗りこめてしまったのです。

母は現行犯を捉えたように、前田と私を自分の前にすえて、どなりちらすのでした。私はがんがん野砲で打ちまくられたようになって、どんなにこの方が楽だったろうと静かに涙を流しておりました。そして、すぐに家を棄ててどこかへ逃れでようと思っていました。

前田は青白い頰にぴくぴく笑いをひっつらせながら、

「お前の娘が好きでどこがわるいんだ。お前が好きなら、お前に似ている節子も好きになるさ。ちょっと杉村さんもどうかしていないかい？　組子に死なれて節子はさびしくてたまらなかったんだ。さびしがっていっしょに寝ただけだよ。それを窓から覗くなんて、下司のやることだ。それに節子にきけば、杉村には、れっきとした女房がいるそうじゃないか。それを隠して、年頃の娘をずるずる引きずって、幾年になるんだ。俺は商売女にはこれまでも手をつけたことはある。しかし、仮にも、俺は節子の父親だぜ。とんでもない話だ。今、すぐにでも杉村をここへ連れて来いよ。お前の眼の前で話をつけてやる。俺は親として節子の責任をとらしてやるつもりだ」

母は前田の言葉をぼんやりと口をあけて聞いていましたが、

「節子、杉村さんに奥さんがいるってほんとうかい」

私はそうなってから、前田に打ちあけておりましたので、素直にうなずきました。母はほっとしたように明るくなって、

「それじゃあ、いくら待っていたって、杉村さんの奥さんになることはできないじゃあないか。お前、なんだって今まで黙っていたんだい。杉村さんてひどい人ね」

そう母に言われると長いあいだの苦しみが甦ってきて、私は耐えても涙があふれたのです。

「お父さん、済まないことを申しました。どうか水に流してください」

と前田に母は心から詫びるのでした。それから、

「じゃあ、お父さん、今夜からあなたは一つ部屋に寝てくれますね」

どの部屋にしようかと家のなかを母は見廻すのです。前田は、いやだねとはっきり断りました。

「なんでも、なかったら、いいじゃあないの」

と母はつめよると、

「うんなんでもない。たしかになんでもないんだ。しかし……」

と私の方を見ました。私は、もう、どうでもよかったのでした。こんなに私を愛している前田の立場を考えて、彰一のためにも母に返そうと決心したのです。

「お母さん、私が原因でこんなことになっちゃって、すまなく思っているの。私は、自分の親に、こんなことを言わなければならないのを、どんなにかなしんでいるかしれませんのよ。前

田は、いまの私にとって、この世のなかでいちばん好きな人なんです。もしもあなたが他人なら、どんなことがあっても離れることができなかろうと思っているんです。ああ、私は言ってはならぬことをあなたに言ってしまいました。ですから、私はじきにこの家を出てゆきます。どうかそれまで待っていてください。あなたの留守中に、およそお母さんには想像もつかないはげしい空襲をくぐって、いつ死ぬかわからないと思った同士が、同じ屋根の下にいたのです。身のまわりのお世話を二年のあいだしてまいりました。どこで爆死するかもしれない人を、他人のものわらいにならないようにと下帯ひとつでも清潔にして、毎朝、送りだした気持は、不断の平穏なときの夫婦以上のものでした。どうか、しばらくのあいだ、年上の女と若い娘としてだけ考えてください。お願いです。お母さん」

私は感情をころして、平静に言うことができたのですが、私が考えていることとは反対なことばかりになったのです。どうか、いっしょにやすんでくださいとすすめるつもりでいたのですが、こう言うより仕方なかったのです。なんという妙なことになったのだろうと母は落ちつきを失っていました。

その翌日、私はあなたを研究室に訊ねて、なにもかもみな言ってしまいました。

母はあなたと前田を引きあわせて、私をあなたに連れ去ってもらう以外は、自分の生きる道がないと思っているようでした。私がたとい品川の祖母のように、世の中の裏道を通ることになってもよいと諦めたようでした。

私は自分の口から、前田と関係があることをあなたに告げるより仕方がありませんでした。前田は母の追求を逃れるためとは言え、あなただけを悪人に仕立てすぎたと思ったからです。母にすれば、新鮮な果物をあなたに捧げるのを惜しんでいるのですが、そのように前田の言葉を信用したかったのです。仮に私があなたに身をまかせるとしても、それを黙ったまま、一生のあいだ、あなたと暮すには耐えられまいと信じました。私はまだ男というものを知らず、また、持病が性生活に耐えないと思えていた頃とは違って、男が欲しかったのです。私は前田が三田四国町に見つけたアパートで、通ってくる前田と暮すのが、どんなに幸福だろうと思いました。しかし、母の眼から逃れるためのカムフラージュするためには、あなたに一役かって貰いたく思っていたのです。そのためにも、前田との交渉をくわしくあなたに告げたのでした。

私は御殿山の池の畔を幾廻りもしながら、あなたが、どこかにひっそりとかくまうと言うか、そうしたら、はっきりと前田との間は切れてみせる、また、あなたが大人になって、前田と話しあい、前田との関係をひそかに続けてゆくための後盾になると言ってくれるかと待ちました。

あなたは、だまって、私の話をきく方が多かったのです。

「前田といっしょに暮すつもりで、アパートに住んだら、むかしのように仕事にいらしってくださる？　ふた間続きですのよ」

と、私は謎をかけてみました。あなたはそんなこと思っても見ないふうに、

「留守にでも行ったら、お父さんがこわいからな」

と答えたのです。

あなたが母と別れるときに、帯を下にゆるく締める癖の、胴長な感じで、帯のあいだに両手を入れたまま、

「私はもう生きてゆく力がなくなりました」

と言い、夕陽に染みた焼トタンの上に、吹きよせられた砂のなかから、とぼしい餌を探し求めようと必死にとびまわっている雀の群を母はじっと眺めていたそうですね。もう、あれっきり会えないのかとあなたが申しますのに、私も、女というものはあわれな、もろいものだという気もして、

「私、前田を母に返して、ひとりで飛びだしてみるわ」

と申しました。あなたは、うん、それがいい。俺がなんとかするよときっと前田のように言うだろうと思ったのです。

あなたは、

「そんな弱い体では、荒れ果てた都会の渦にすぐ捲込まれてしまうよ」

と答えただけでした。木立を通したこぼれ陽が、あなたの広い額のひとところを照しだしていたのは印象的でした。私はすうっと足が地上に消えてゆく感じで、しかし、あなたに最後の笑いを示していました。

前田は私のことを思って、仙子と口をきかないようになり、私が出てゆくと言えば、仙子は

前田がいっしょに寝るまでは、この家から一歩もださぬと突っぱるのです。前田は私に譲歩して、むかし通りの形をつくり、気をゆるさせて出てゆく以外は、どこまでも追いかけてくるだろうと申入れるのですが、そうなると、どうしても前田を仙子にゆずれなくなって、

「あなたの気持できめてください」

と言い張ってしまうのです。

「母というものは、身を棄てても子供をかばうものだけれども、女同士は敵だ。節子は女として宣言したのだから、私もどこまでも女として争うつもりだよ。こんな婆ちゃんになってしまったけれどもね」

仙子は年に不似あいな若い着物をきて、化粧もあつくしたりするのでしたが、あさましく見えました。前田は彰一を相手に草花をいじったりしていました。どうすることもできない重い空気が家中にたちこめて、窒息しそうでした。祖母は中風気味で糞便をもらしても気附かないようになり、寝たままで食事だけは丈夫な人の三人前も食べるのでした。

私はそんなときに観音経を読むのです。内容は童話のように、とりとめもなく、たあいないもののように考えられますが、経文の持つ音楽的な陶酔感と、言葉で綴られた絵とも言える豊麗な色彩に幻惑されて、救われた気もするのです。

そんなある夜、仙子は台所から一升罎をさげてきて、どうだ、節ちゃん、お酒ののみっくらをしようじゃないかと笑いながら、どこかに険のある感じで挑んできました。私はむかむかと

立ち向う気になって、お互いにコップで冷酒をぐいぐい呑みました。

前田は二人の間から発する凄惨な妖気におされているようでした。

「どう、お父さんもあがんなさいな」

仙子がすすめると傍の湯呑でうけて、ものうく口に運んでいました。前田はすぐに顔にでるたちで、ほとんどいけないのでしたから、私と仙子が五合に近い量をあける結果になりました。私は酔眼に仙子の大きな尻を眺め、これが私を産んだ場所だと思いました。私のより幾廻りも大きく、でっくりしたこの尻は、幾人かの男の精液を散々吸いとって、いたずらに肥えている。ああ、とても太刀打なんかできやしないと私は哀しくなってきて、空罎を枕にして、ごろりと畳の上に倒れました。私はソルベェジソングを歌っているようでした。口をあけたり、閉めたりするのはわかっているのですが、歌っているのに、はっきりとつかめない、もう、いけないやと思っていると、前田も私の横に寝たのです。罎から頭がずりおちそうで、脂っこい前田の頬が私の頬にひっつくのを感じました。ああ、いいなあと私が思っている顔を仙子がのぞきこんで、にやにや笑っている。節子、どうだ、勝負はついたぞと言っているようでした。私が酒に賭けたのは、なんだったろう。前田だったかなとちらっと閃めいたとき、仙子は前田の手をとってずるずる寝部屋の方へ引きずってゆくのです。私はどうしても仙子には前田は渡せないと立ちあがろうとして、畳の上に崩れました。とうとう敗けたと思って、手足の自由をうしなった私はもがき、何かわめきながら泣きました。私は息の根が止まる激痛を胸に感じて、気が遠くなりました。

よく生きられたと自分でも思うようなはげしい発作でした。私は死にそこなったなと思ったのです。間もなく祖母は亡くなりましたが、私は見送ることもできませんでした。

前田が不安そうに部屋をのぞくと、決って仙子は私の枕元で、わざと用もないのに足音をあらくして狂いまわるのです。ちょっとの動きも身にこたえて死汗をしぼるのを、仙子は気持よさそうに喉をならして眺めるのです。私をかばうと前田と争うばかりでなく、すぐに私の方にも手ひどい復讐があるので、病気にさわると思ってか、やがて姿を見せなくなりました。私と前田が買いあつめた炊事用具や家具や寝具などは、アパートに運びこんだままになっているのですが、それさえ前田にたしかめることができません。

私はほとんど寝ているのですし、鏡をのぞけばぞっとするほどやせおとろえました。あなたがいつか私に書いてくだすった短冊の、白き衿少しは見せて夏初めという俳句が寝ていてみえる柱にかかっています。あの頃の私は心も体もうつくしい女であったと今更に思うようになりました。

戦争が終って前田の収入もまた昔にかえりました。それに年のこともあって、今は運転の仕事もやめ、車庫の番人のようなことをしているようです。

休みの日に、裏の岸壁から、糸をたらして、沙魚《はぜ》を釣ったりします。そんな後姿がたまに見える位置にたっていることがあるのです。

あなたは終戦後間もなく学位論文が通過し、それに古い教授の公職追放のせいもあったのでしょうが、助教授もそこそこに、すぐに教授になられました。そしてジャアナリズムの中で華やかな存在になられました。お喜び申しあげるより、当然の結果だという気の方が先きにたつのです。

今の私はあなたにとっては路傍の石にすぎません。しかし、そのあなたが、この暗い家を出さえすれば、明るくなれると空頼みして、寝ている私を喜ばした、たった、ひとつのことがございます。

あなたが、いつか、ラジオの女性のための古典講座で、連続放送をなさいました。そのときに私も聞いていると思われてか、女性の勘が男より鋭いので、直感的に大変な発見をすることを述べられ、影の薄れてゆく国文学のために、すぐれた女性の出現をのぞまれました。そのときに、むろん、私の名はあげられませんでしたけれども、了覚本の発見の例をあげられました。そこにきて、あなたの朗々した声に、熱気が感ぜられたのは、私の気のせいでしたでしょうか。

二、三日して、ちょっと体の調子もよかったので、研究室へ電話をしました。すると、若い学生の声で、

「杉村博士ですか。ただいま教授会に出席です。ご用でしたら、言ってください。お帰りになられたら取次ぎますから」

私はなんとなく、そんな気になっただけで、いいえ、それほどでもございませんのよと電話

を切るより仕様がありませんでした。

私が椅子に腰をおろして、呼吸をととのえていると、

「お前も男好きだね」

と仙子はさげすむように言うのでした。仙子の言うそれとは違うのです。違うのですけれども、どうしてもあなたが好きなのです。いったい、好きだとかきらいだとか、どういうことなのでしょう。

私がこの部屋に寝つくようになってから、しばらくたって、毎夜のように仙子の華やかな、甘いうめき声がきこえてきました。勝ちほこって誇張された陶酔感は、私をいらだたし、お父さん、お父さんと幾度も叫ぶようにしました。あさましく肉を盛りあげた声でした。前田は私を深く愛していて、どうにもならなくなってしまった私の、衰弱しきった心や体を、女としての仙子から護ろうとして、のぞまない夫婦生活を続けようとしたに違いないと信じました。が、ほんとうは空しい祈りかもしれません。あなたと長いあいだの、性慾の逃げ場を失った、気持ちだけでやっと支えていた愛が、幽鬼のようにさまよいだして、それが地上にしっかりと根をおろすためには、どうしても前田とのあれが余儀ないことでした。いや、前田の根にあなたを咲かせていたのです。花の盛りは散るものなら、どうやら、この叙情は前田にあてるのがほんとうの気もするのです。しかし、花を見て、根を思う人があっても、根を見る人は稀なので、あなたに書いていたのかもしれません。

強い女

岩本から、今夜着くという電報が来たとき、蝶子は辰三と陽溜りで将棋を指していた。

近頃ひどい胃痙攣をわずらってから、ちらほら白いものがふえてきたためか、蝶子は頭の地がかゆく、翡翠《ひすい》の球の簪の脚で掻きながら、

「――そう、おいでなすったね」

薄い板の将棋盤をのぞきこむ蝶子の、渋い結城でつつまれた厚い膝がくずれて、錆朱《さびしゅ》の長襦袢があらわれた。ふとい鼈甲縁の老眼鏡から艶のある瞳を、ひろげた手にのせた駒におとしている。赤い衿が二重頤の下からあふれている。そんな好みがあうのが、五十を過ぎた蝶子に異国風な感じをあたえた。

「旦那は、なんの御用でお見えになるんでしょうか」

辰三は岩本と蝶子が内縁の夫婦でいっしょに暮していたころからの子飼で、別れてからも旦那と呼んでいた。

「知ったものか。相場か、なんかだろうよ」

蝶子が、越後の疎開先から引上げて、ガダルカナルから帰ってきた辰三をたよりに、銀座裏のバラック建てで、会社員相手の昼の惣菜屋をひらいたころ、明石の市会議員になったばかりの岩本が、ひょっこり訪ねてきたことがあった。

戦争中、話しあいでお互いに別れてから、若い女と結婚して、すぐに子供もでき、仕事の方も順調に行っている筈の岩本が、帰りぎわに立寄ったとき、生きることに疲れていた蝶子の眼

にも、急に老い込んでしまったように見えた。

蝶子は、越後での田舎暮しにもなれて、ぐずぐずしているうちに、空襲で焼けてしまった土地の地上権が他人の手に移ってしまい、新しく東京で商売をはじめるには、田舎に建てた家を売払って、どこかに土地を求めなければならないので考えあぐねていたときであった。

東銀座に蝶子がおでんやを開く計画をきいて、岩本は、もう商売などをやめて、株につぎこむようにとしきりにすすめ、また明石に適当な住まいを探すとも云った。

蝶子は、岩本の相場についての手腕を信じないわけではなかったが、そうかと言って、昔の自分の男が、新しい女と家庭をもっている土地に、囲われるように、ひっそりと住む気にもなれなかった。

「お前とは、もう、茶のみ友達のようなものだよ。それに、俺も、ちかごろ、めっきりいくじがなくなってね」

少し酔いのまわった岩本は、長火鉢から乗り出してきて、前をひろげて蝶子に触ってみるようにとまじめな顔付で言った。

「ばからしい。そんなことで、もう、だまされるものですか」

蝶子は笑いながら、そうは言っても、ちょいと触れてみたりした。

やがて、岩本は蝶子が株の資本をおろそうとしないと見たらしく、

「これからは、公用での上京も多いことだし、旅館でまずい飯をくって、高くとられているよ

りは、お前のところで世話になりたいんだが、そしてどっちにも都合がいいと思うがね」

「ふん、とんだ身勝手な言い分ですよ。それに、私のところは、むかしとちがって、ひと間っきりですからね」

玄関の二畳にさがっている辰三に、蝶子は気を配りながら、きつく言った。

「なにも、そう、こだわることはないじゃないか。むかしなじみの旅のものを、泊めると思えばすむことだ」

蝶子は、岩本に、また、なにか計算があるにちがいないと思った。岩本はいつも金にきたなかった。

「ああ、おことわり、おことわり」

蝶子は、岩本のどこかで縒りを戻して、うまい汁を吸おうとしていそうなのを、そのとき、身をかわしたつもりだった。


まだ、流しの円タクが五十銭で、かなり遠くまで行ったころ、蝶子は自分の名義で銀座裏に三平というおでんやを開いていた。店を通らずに、表の階段から、すぐに上がって行くことができるようにした二階の洋室には、娘のアンヌが、黒いグランドピアノの上に、大きなフランス人形を置いたりして、近くの日劇のダンシングチイムの踊りの教師をしていた。

あらくれた料理人達を、蝶子は叱ったり、おだてたりしながら、薄い利益を多く売ることで償う経営法は、しっかりした客をつかんでいったが、男まさりの体格をもった蝶子にも、相当こたえる重労働であった。

蝶子は、背が五尺二寸あまりあって、それまでの自分の恋の相手は、いつも大男に決っていたが、神港商業を出た岩本も、五尺七寸の、柔道三段であった。

中野の堀の内に、流れをとり入れた庭などのある大きな邸宅をかまえて、株の方がとんとん拍子の岩本は悠々と暮していた。

その頃辰三は、その近くにすんでいたので、シェパァドやスピッツを訓練するための犬ボーイに雇われたのだった。

三平を開業するときに、資本は蝶子の言いなりにおろしたが、夫婦とは名ばかりのように、何かと抜目なく、かなりの利息につくほどのものを蝶子の店から引きだしていた。

蝶子は、看板になると、内側の階段をのぼって、アンヌの部屋へ行った。ショートケーキなどを切って、紅茶にそそぐ湯をわかしながら、アンヌは待っていて、「おつかれさん」と楽屋言葉でねぎらいながら、割烹着をめくりとってくれたりした。

静かなピアノのレコードを聞いたりして、寝るまでの小一時間を、娘と語るのが一日の疲れを忘れさせるのであったが、一週に一度ぐらいは堀の内の方へも行った。

岩本は明石の名家の出ではあったが、はじめは愛知生れの芸者、そのつぎは混血児を抱えたダンス教師の蝶子と、親戚が好まない女と同棲したので、親からも見離され、変動のはげしい米相場からたたきあげるまでには、坊っちゃんじみたものをすっかり失ってしまった。株屋の世界にありがちな放蕩などは、蝶子は軽く見逃していたが、金にきたない岩本の相手は、株の相談にくる未亡人などの素人女も多かった。

素人女に手をつけるとごたごたが残るのをおそれて、蝶子は附けを店にまわすようにして、岩本に遊びを奨励したりしたが、

「俺のお蔭でと思っている連中さ。それに使って減るものでもなし……」

きれいな口髭をなでながら、にやにやして悪い癖をやめようとはしなかった。

蝶子は、遠州木綿の本場の浜松の機屋の若主人と、近在の農家の若い娘のあいだにできた子であった。

生れて半年たらずで、横浜で輸入馬を扱っていたモーリスというイギリス人に雇われていた吉田と云う調教師の許に貰われていった。

吉田は、若い頃は根岸で鳴らした名騎手で、芸者上がりの養母は、青々と眉を剃った小柄な色の浅黒いきれいな人であったが、落馬で脚を折ってから気のあらくなった夫に、無意味になぐられながら、いつもおどおどしていた。

厩舎は持っていたが、暮しは楽でなく、体の大きかった蝶子は、大人の振りをして、繭屋敷に通い、養母と同じに十九銭五厘の日当で働いたりした。

外人住宅に住んでいた蝶子の眺めは、お互いに労《いたわ》りあっている外人夫婦のむつまじい行動に

なれていても、抱きかかえなければ歩くことができないように育てられた西洋の婦人をうらやましいと思わずにはおられなかった。

「どうして、うちの父ちゃんは、母ちゃんをなぐってばかりいるんでしょうね」

裸馬にのったり、男の子よりも喧嘩では強い蝶子はくやしがったが、薄い笑いを頰にうかべながら、

「学問のないものはだめさ。好い人なんだけど、父ちゃんは野蛮なんだよ」

養母のつる子は、あきらめきっているらしかった。


長春薔薇のからんだ小さな門をくぐって、教会に通っていた蝶子は、近くの英和女学校へも、勝手に通い、教室の空いた席を探して講義をきいていた。山の手の二百二十四番地にあった、そのミッションスクールは、神の恵みを求めるひとりの娘として、蝶子には寛大であったが、修業式に型のように手渡された証書には、他の生徒とはちがって学校印が押されてなかった。

「全智全能の父よ、忠実なるあなたの僕二十五人、それに、もう一人の迷える羊の上に同じくみ恵みを垂れさせ給わらんことを」

鼻眼鏡をつまむようにして、異人の校長は、敬虔な祈りを捧げてくれた。

養父の反対を押しきって、養母は月謝を支払い、仮進級ではあったが、女学校の二年に正式に進むことができた。

蝶子は、その手続きのために、郷里から自分の籍を取りよせてみると、春に生れたので、お春と名付けたと生母が言ったのに無籍者であった。

歯をおはぐろで染めていた養母は、吉田の籍ではなく、小村であったので、養母と養子縁組をすることになったが、生んだ子の籍も入れようとしなかった母親の仕打ちをうらんで、自分で新らしく蝶子という名をつけたのだった。

野菫《のすみれ》やたんぽぽの生えている外人墓地を歩きまわりながら、小村蝶子って名もまんざらではないと、蝶子は小鼻をひくひくふくらまして、私は、自分の力で運命をきりひらくより仕方がない親無し子だと決めた。これも娘の感傷なのだが、口に白い泡をつくらせながら、放課後の校庭を裸馬にのって、蝶子はぐるぐる走り廻らせたりした。

外人屋敷は、コック、自動車の運転手、阿媽《あま》、それに植木屋などがそっくりついたままで、次の借家人に引継がれるのがならわしであった。それまでは、家族が多かったイギリス人が本国に帰ったあとに、グランド・ホテルの長逗留を棄てて、一人のものしずかな白系露人が、二軒置いた近くに越してきた。蝶子が十五歳の時であった。

おせいと呼ぶ阿媽を通じて、蝶子は遊びにくるように誘われ、ピアノをひいて歌を教えてもらったり、踊りの相手にもなった。

プラトーノフは貴族の出と言われ、三十二歳とは思われない純潔さが、蝶子に対する挙止から感じとられた。また蝶子を蝶々さんとおぼつかない日本語で言うので、プチニのマダム・バタフライになったような気にもなった。

野育ちに近い蝶子が、自然に社交的な作法を身につけて、十六の正月のパアティに出るときには、プラトーノフから晴着と帯が贈り届けられた。

プラトーノフは、蝶子に「私のお嫁さんになる気ありませんか」と屢々求愛し、日本人を相手とするには、不似合なほど背が大きく、体のまわりもあった蝶子は、プラトーノフの妻になっても好いとは思っていた。

自分の義父が、いつも妻をなぐりつけるような目にあわないだけでも幸福なことだと考えたが、親許に話があるまでは、娘の夢のようなものであった。家には、かなりの金が届けられたらしく、目にみえて暮しが楽になった。

蝶子は生れつき体は大きかったが、発育は遅い方で、その年の夏に初経を見た。プラトーノフは、一人前の女になったのを心から祝ってくれた。そして、妻のように蝶子をあつかうようになった。

蝶子は、その頃から学校もやすみ勝ちになった。十七歳の正月に学校で茶話会があり、出された寿司を食べると、急にむかむかしてきて、途中から帰宅した。

蝶子は、月経がなくなっていたが、プラトーノフに附きそわれて、外人墓地の近くにいたウイラという医師の診断をうけ、妊娠と告げられてもまだ信ずることができなかった。

蝶子は遊び盛りで子供のほしい年頃でもなかったし、そう決ると、混血児を生むことが不安になってきた。酒をのんだり、荒馬をのりまわしたりして、意識的に流産するように荒々しく自分の体をいじめぬいたが七月に娘の子が生れた。

プラトーノフは、蝶子が選んだアンヌと云う名を附け、この世にかけがいのないもののように溺愛した。若い母親になった蝶子の将来には、沢山のしあわせが待っているようであった。

アンヌが二歳になった二月二十六日、レーニンの革命が起きると、それまで静かな生活をたのしんでいたプラトーノフの身辺が、にわかに騒々しくなってきた。

すこしのあいだも傍から離そうとしなかった蝶子やアンヌを席から遠ざけて、仲間の人達と密議をこらすようになった。その頃になってやっと蝶子は、プラトーノフが、何か大きな役割をもって日本に滞在していたにちがいないと考えるようになった。

重要書類をストーブの火で焼きすて、プラトーノフは、自動車で伊勢佐木町に蝶子とアンヌを連れて行った。雪がしきりに降っていた。

プラトーノフは、なじみの貴金属商にはいり、アンヌのために金のネックレースをあつらえた。ロケットには、自分と蝶子とアンヌの名をきざませた。黄金の鎖の輪は、やわらかな金毛の生えたアンヌの大きな頭からはずしとることはできなかったが、大人になっても、十分に息づくことができるようにゆったりとしていた。

背後で鎖が合わさったのを、小さな金色の鍵でとめるようになっていたが、プラトーノフが、自分の手でアンヌの首輪に鍵をかけたとき、すぐ傍に別離がしのびよって来ていると蝶子に思われた。プラトーノフの白い大きなぶよぶよした掌に、役目を終えた小さな金の鍵は握り込まれ、そのまま黒いオーバーの中にしまわれた。

その次の日から、プラトーノフは蝶子の眼前から消えた。アンヌはプラトーノフの子として入籍されていたので、扶養の金は月々同志の手から届けられた。

翌年になって、上海のクインサンガーデンにいるプラトーノフからの便りが、仲間を通じてとどけられ、それには、アンヌといっしょにすぐ来るように書かれてあった。ちょうど、そのとき、養母が重態で、あすもわからない危険な状態であった。便りを追いかけるように渡航の費用もついたが、蝶子は病状がはっきりきまるまで延期してほしいと横浜に残っていた同志を通じてプラトーノフに申し送った。

養母のつるが、やっと床の上に起きあがることができるようになった。

「おかあさん、うちから、こんなこと言ってきていたのよ」

蝶子は、膝にアンヌを抱きあげながら、遠いところを見るようにして言った。

「なんだ、そんなことがあったの。わたしなんて、どうでもよかった。すぐ行ってあげればよかったのに」

母親にせきたてられて、上海に連絡すると、もう、そこにはプラトーノフはいなかった。身辺が危くなって、パリに亡命したとのことであった。

「カムフラージュするためにも、あなたとアンヌが、きっと必要であったのでしょうね」

同志は、そうも言った。蝶子の胸を、はげしく吹雪のようなものが過ぎとおった。ここにいたときも、私は、あの人の安全をまもるための道具だったのだろうかと蝶子は思うのであったが、蝶子は、体でプラトーノフの心を知っていた。

その頃は、レーニンの革命が成功していたので、帝政派の主要な人物であったプラトーノフの娘に扶養の金がとどく筈もなかった。蝶子は外人相手のパアティに絵羽の着物をきて招かれなどして、夫のいない徒然をなぐさめながら、生活の資を得ていた。だから、プラトーノフがスパイの手で暗殺された情報を得たのは、オリエンタルホテルの広間で踊りながらであった。

その頃、蝶子はプラトーノフとの住まいをたたんで、義父の吉田のところに帰っていた。異人の住む山の手暮しなので、混血児のアンヌといっしょにいても肩身のせまい思いをせずに生活することができた。しかし、プラトーノフに死なれて、蝶子は、はじめて、もう、日本人相手の附合はふさがれていると思わなければならなかった。

オリエンタルホテルのパアティで知りあったスウィッツル人のフックは、生糸をあつかう横浜支店長であったが、プラトーノフが死んだと知ると、すぐにしつっこく蝶子に言い寄ってきた。本国に妻子を残してきているので、ラシャメン※にするつもりだと商取引のように事務的な求愛であった。

「あなたが、もっと背が大きければ魅力があるんだけれどなあ」

※外国人を相手にする娼婦、妾

少し、すさみ気味な蝶子も負けてはいなかった。たしかに、その男は日本人とくらべても小柄な方で、肩幅がひろかった。そして、踊りも腕力的で優美さに欠けていた。

生活費のほとんどをあげて注ぎこんで来る相手を蝶子は意地わるく眺めていたが、そのうちに会社の金を使いこみになっているような噂さもたって、蝶子に対するフックの眼は血走ってきた。

蝶子は、フックが日本に帰化すること、娘のアンヌもいっしょに同棲することを条件に出して、相手に手をひかせようとしたが、フックは東京の恵比寿の近くの向山に月四十五円の家賃で宏大な洋館を借り、そこへ蝶子母子を迎える準備をした。蝶子は、そうなって断ることはできなくなった。

ベッドの傍らに、コルトが、いつも、にぶく光っていた。夫に迎えたフックの愛欲は死につらなっている無気味なものを蝶子に感じさせた。蛇のように冷たくねちねちしていた。

蝶子の贅沢な希みを、フックはいつでも快く果すのだが、それには本社から送られてくる資金を勝手に使っているらしかった。フックの行手には破滅が待ちかまえているようであった。

「あなた、どうするつもりなの」

蝶子は考え込んでフックに聞くこともあった。

「そのときは、そのときさ」

フックは、パジャマの袖をまくりあげて、手にした拳銃を、宙にほうりあげては、ぴしゃぴしゃと掌に受けとめながら答えた。

そのうちに得意先を招待したパアティが開かれた。仕事のためにも、ぜひ歓待しなければならなかったイギリス人を相手に蝶子は踊っていた。その人のたくみなリードにのって、蝶子がうっとりとしていたとき、シャンデリア目がけて、続けさまにフックはコルトを射った。蝶子は、いつか病的な嫉妬に狂ったフックに殺されるかもしれないと思った。

蝶子が、事情をあかして、外人専門のチャブ屋※にアンヌといっしょにかくまって貰うようになったのは、すぐそののちのことであった。

そこにはあらくれた与太ものが雇われていて、酒に酔いしれて、蝶子にあいにきたフックを、思いっきり街上にたたきつけるのを、蝶子は他人事のように眺めていたが、決して寝覚めのよい思いではなかった。しかし、そうする以外に、その男から逃れることはできないと思った。

蝶子は、アンヌを三の輪の大工の家に月十五円で里子に出し、やがてチャブ屋の女になった。そこには、奉公人が八十人あまりもいて、外人相手の女は十六人いた。その中で蝶子は、はでな服装と達者な踊りと流暢な会話にものを言わせて、いつも上にたって、勝手気儘な暮しをしていた。


大正十二年の九月一日、朝からじゃんじゃん降っていた雨が、十時頃には晴れあがって、それに風さえ吹きつのってきた。

※外国人相手の茶屋、売春宿

蝶子は、毎月、その日には朋輩の愛子といっしょに磯子の子育観音へお詣りするのだった。愛子も子供のいる女であった。

蝶子は、いつになく寝すごして、風呂にはいってきた愛子を先きにやってから、ゆっくりと遅い朝飯をとった。

蝶子が、磯子に行く電車のなかで、帰ってくる電車にすれちがったが、もう、参詣をすました愛子がのっていて、窓からひらひら白い手を振っていた。

磯子で降りた蝶子は、日傘をさして、旧道と新道がいっしょになるあたりまで来ると、さしていた日傘がぐらぐらとはげしくゆれた。眼の前の空気が歪んだ。日傘にしがみついて、大きな体をよろめかせながら、あたりを見ると、今、降りたばかりの電車がたたきつけたようにべしゃっとつぶれ、根岸監獄の塀が倒れて、囚人が酔っぱらったようにふらふらしている姿がむき出しに眺められた。地震だと咄嗟に蝶子が思ったときに、大きく地鳴りがした。行くことも戻ることもできないように、大地がゆれ、気がつくと腰のまわりに幾人もの人がしがみついていた。

アンヌが、どうしただろうかと乾いた頭のなかで考えただけで、蝶子はもう矢も楯もたまらない気になった。

避難するために家から運びだして、地上に並べた畳の上に、べたっと坐った自分を蝶子が発見する前にあらあらしく腰にまつわりついてくる老婦人を思いっきり突きとばしたように思って、あたりを見まわしたりした。

「蝶々さんでないか。どうして、こんなところにいたのさ」

ハンティングをかぶった青年が声をかけた。

「なんだ。文鳥堂の小僧さんか」

いつも新刊本を取りつけの書店の店員であった。蝶子は人心がついた気がして、なつかしそうに、いざり寄った。

遠くに見える青い煙は、みんな火なんですよと語るのをききながら、蝶子は夕方まで茫然としているより仕方なかった。

監獄も七時ごろに囚人を解放し、それに朝鮮人の暴動沙汰も、まことしやかに伝えられてきた。ライジングサンの石油貯蔵タンクに火がはいれば、十里四方は、火の海になるというので、どこからともなく、拝みの声がぶきみに聞えてきた。蝶子も無意味な言葉を唱えて祈っていたらしかった。

小さなお握りをひとつ貰って、がつがつ食べてから、蝶子は本屋の小僧を途中までの道連れにアンヌの許をたずねようと思った。三の輪までは二、三里の道程なので、途中によこたわっている死体を踏みつけたりしながら、夢中で歩いて行った。空は炎の海のようであった。しきりに咽喉が乾いた。むっと死臭がただよっていた。

アンヌは、ひとりで遠くに遊びに行っていて、そこで命を落しているように思われてならなかった。混血児のアンヌが、みなの子供たちといっしょに遊んでいないように考えられることが、焼ぼこりをかぶった蝶子の頬に、幾筋にも涙をしたたらせ、癖のように幾度も掌でぬぐわなければならなかった。しかし蝶子は、どこかにアンヌが死んでいると予想することで、ほっと救われた気にもなっていた。それが身を売ってまでアンヌを育ててきた母親の自分の本音のようにも考えられ、遣りきれない気持にもなった。

遠くから、かしいだようなアンヌの家が見え、土間でぶらんこを漕ぎながら、歌をうたっているアンヌの声が聞えてきた。アクセントがちがっているのですぐ知れたが、朝鮮と支那との境の鴨緑江という流行歌であった。

ぶらんこからアンヌを抱きあげて、蝶子はやわらかな金髪へ唇をもって行った。そのように、いっしょにいたころのプラトーノフもした。すると蝶子は急にやけつくような痛みを蹠《あしうら》に感じた。見ると、いちめんに火ぶくれになっていた。

切るより外とりようもない純金のネックレースが、アンヌの首から失われていたが、どうしてか蝶子は、そのことを大工夫婦に訊くことができなかった。

数多い奉公人の女のなかで、蝶子と、もう、ひとりだけが生き残った。愛子は死ぬために、そこに帰ったようなものであった。

店が焼けてしまったので、本牧の別荘に蝶子はアンヌといっしょに引きとられながら、どうして生きてゆくか考えるより仕方がなくなった。主人はアンヌと同じ年頃の女の子が四人いて、力の強いアンヌは喧嘩にも強く、馬乗りになっていじめたりするので、いっしょに暮す蝶子の心労は絶えなかった。そして喧嘩のおこりはきまって、主人の子たちがアンヌを間ノ子とののしることが原因になっていた。

やがて、アメリカやイギリスからの救援物資を積んだ軍艦がつき、十二天に宿舎用のテントが張られた。そこらあたりに、幕ひとつ垂らしただけの、あやしげな商売が、夜となく昼となくはじめられていた。

蝶子といっしょに生き残った女が、すぐに簡易な淫売屋を開いて、大きな利益をあげていた。遊んでいた蝶子にもすすめるのであったが、アンヌを抱えながら、すぐ眼の先で、そんなふしだらな商売もできないと思った。

神戸のサミエル商会に勤めていて、横浜へ出張したときのなじみになっていた畠山が、いつでも、来るように言ってくれていたのを蝶子は思い出していた。

畠山は、立派な紳士であったし、アンヌの事も打明けていた。そこには英和女学校と同じ系統のセント・マリア学校があった。

アンヌをかかえて、追いつめられていた蝶子は、神戸にゆけば何とかなるように思われ、畠山に連絡すると、平野に手頃な家を探し求めてすぐに迎えに来てくれた。

毎日通って来る畠山は、海外の支店暮しにもなれていたので、アンヌを異様な眼で眺めようとしなかったので、すぐに慣れ親しんでいった。

セント・マリア学校に娘を通わせていた畠山が、保証人にもたって、アンヌもそこへ通うことができたが、母子会の幹事をつとめた畠山の妻に知られるようになった。温厚な畠山は、蝶子に未練を残しながらも、妻の嫉妬にたえかねて、じきに別れなければならなかった。

蝶子は囲い者の生活であったが、どうにか落着くことができたと思うのも束の間で、すぐに生活に追われるようになった。畠山は別れても生活費はみると言ったが、そうなっては蝶子は意地でも世話になりたくなかった。プラトーノフから教えられていたダンスを役立てて、ダンス教師になった。

大阪の有閑マダムや蘆屋あたりの医者などへの出張教授は、かなりの収入になって、家には書生や婆やなどを住まわせていた。

アンヌが本牧の別荘にいたとき、悪性の赤痢におかされた。避病院もなかつたので、表向きにするのは、殺すようなものなので、焼跡でやっと手に入れたヘルプをのませて、どうやら危機を脱した。

絶え間ない下痢になやまされて、ぐったりしたアンヌをかかえて、蝶子は匐うようにして裏の焼跡にゆくと、雨の降る夜などは、青い光がちらちら其処ここに燃えていた。人魂にちがいなかったが、気の張っていた蝶子は、ちっとも怖ろしいとは思わなかった。

アンヌを書生に附添わせて、学校に通わせ、女主人公らしい落ちついた生活になって、気がゆるんだせいか、応接間を踊り場に改造するために大工を入れて床を直していたときに、はげしい下痢におそわれた。アンヌと同じ病気であった。

医師の手厚い看護で、蝶子はどうやら癒ることができたが、しかし、三月近いあいだの保養が必要であった。

ダンス教師の生活は、収入も多かったが、派手に金もまいていた。外向きは派手な暮しに見えたので、呉服屋などの出入りも多かった。

いつも体がもとでの蝶子は、遊んでいるうちは収入の道もふさがれるので、高価な反物を借り入れては、そのまま質草にしたり、売り払ったりして急場をのがれていた。しかし、そんな非常手段は、長く続く筈もなかった。

蝶子は、夜逃げをして、一時、書生の実家にかくまってもらった。

アンヌをそこから通わしているうちに、債権者は学校におしかけ、すぐに蝶子の隠れ家を突きとめると詐欺で警察に訴えようとした。

蝶子は踊りで知りあった山崎と言う顔役を訊ね、すべてを打明けて、助力を求めた。

山崎は債権者との話をつけたばかりか、アンヌのような娘をかかえた蝶子の行末が見えるようだと須磨にあった自分の別荘で暮すようにすすめた。

そこには、山崎の友人の木原と言う株屋が住んでいた。山崎からの紹介状をもって、その日のうちに蝶子は須磨へ行った。

生活と病いに疲れきった蝶子の、物おじしない態度に、木原は初対面から厚意を持ったようであった。

「山崎は僕の友人だし、人柄も立派な男だが、生きている世界はやくざ稼業だ。斬った張ったの生活をしている山崎とかかりあっていては、折角、あなたが苦労して育てている娘さんの、さまたげになる時が、きっと来る。わるい事は言わないから、ここで静養しながら、とっくりと考えてごらんなさい」

九つになったアンヌが、蝶子の傍に貼りつくようにして、落ちつかぬ碧い眼をおどおどそそいでばかりいた。遠くで海鳴りがしていた。

「そうできるなら、いいのですが、体も弱ってしまいましたし、知らぬ旅先で精も根もつきてしまいました」

そう言って勝気な女にありがちなように蝶子は思いっきり涙を流した。

「うちと山崎さんのあいだで、あなたを逃がしたとあっては、長いつきあいに、ひびがはいると困ります。どうでしょうか、岩本さんにでも力になって貰ったら」

木原の妻は物静かに言って、アンヌの掌に二、三枚の煎餅をのせてくれた。

蝶子はアンヌのために安住の場所を求めたいと願っていたし、生きてゆく目当てを失った自分がのぞんでいることでもあった。

岩本と言う男に逢ってみると、よくダンス場で顔見知りの間柄であった。岩本は、愛知生れの芸者をひかして、いっしょに住んでいたが、その頃病気で実家にもどっており、やもめ暮しであった。

岩本は山崎と話しをつけて、蝶子とアンヌを引きとるようになると、どこから噂さを嗅ぎつけたものか岩本の妻が戻ってきた。

強いヒステリイのその女は、手あたり次第に蝶子にものを投げつけたりしてあばれたが、

「そんな思いをかけてまで、岩本さんの世話になろうとは思いません。すぐに、これからの生き方をたてて、出てゆきますから、少しのあいだ、ここに置いてください」

薄皮の青い顔をひきつらせて、その女は蝶子の膝に泣きくずれた。黒い髪のたっぷりとした、首筋のほそい人であった。

蝶子は、この女のためにも、早く別れなければならないと思うのであったが、岩本の親戚がラシャメン崩れの女とののしって手をひくように要求してくると意地でも別れまいと考えるようになった。

岩本は、お前のような人に逢って、はじめて女を知ったと言うのであったし、岩本のはげしい性欲が、さんざんに芸者あがりの弱い女をこわしてしまったとも思われた。岩本は、たしかに日本人離れがしていた。そんなことが、ふと、蝶子にプラトーノフの事を想い出させたりした。

結局は、岩本といっしょに、東京に逃げ出すことになった。岩本は株屋の店員になり、蝶子

は英和女学校の寄宿舎にアンヌを入れて、小さなおでん屋を、日本橋小網町の川縁に開いた。

岩本は、はじめからアンヌに父らしい愛情を示さなかった。

「毛色のかわったアンヌには、どうしても情がうつらない」

小気味のよいほど残酷な言葉で、ずけずけ言った。

蝶子は、どうにもならぬものを感じて、そんな岩本の言葉を、じっと肚に収めていた。そして、アンヌをはやく一人前の女に育てようとあせった。東勇作の内弟子から、日劇のダンシングチイムの踊り子になるまでのあいだも、一度も岩本へ相談して、力をかりたことはなかった。日劇にパイプオルガンを据えつけるために、アメリカから来た苦学生の二世の杉森と、踊り子のアンヌがはげしい恋をするころ、蝶子は銀座の裏に進出して、商売が順調なときであった。やがて、ふたりは結婚することになり、アンヌが二十歳のときに、アメリカに渡って、ハリウッドのテオドル・コスロフ舞踊研究所にはいった。そのために、まだ学生であった杉森ははげしいアルバイトをしなければならなかったが、蝶子もできるだけの金をアンヌの許へ送ることは絶やさなかった。

プラトーノフと自分のあいだにできた国際結婚がアンヌにまで糸をひいてゆくことに、蝶子は宿命的なものを感じたりしたが、日本がアメリカと戦争をするようになって、アンヌが杉森と離ればなれになって、また、戻ってくるなどとは夢にも思っていなかった。

その時、蝶子は仕舞風呂にはいると着ていた浴衣が、じとじとと汗じみて感じられた。

堀の内からの連絡が、二、三日絶えて、着換えもなかった。

「どうだろうね。これから、ちょっと家に帰ってくるけど、あすの仕込みは、うまくいっているでしょうね」

蝶子は、久し振りに戻ると思うと、すこし、そそくさした。

もう、乗りものも数が少くなった夜更けの銀座にたって、静まりかえつた電車の軌道にちらばっている紙屑をながめながら、蝶子は衿をぬいて、涼しい風を肌にいれていた。

幾時かしらと蝶子は、白いぶよぶよした腕に貼りついている小型の夜光時計に眼をやると二時を少し廻っていた。

今頃は、夜の遅い岩本は、パンツひとつになって方眼紙に相場の高低をグラフにしていることだと思いながら、匍うように寄ってくる自動車を拾った。

蝶子は、運転手に中野の堀の内の住居の位置を伝えてから、

「ひょっとすると、眠るかも知れないから、まちがいなく、そこで停めて」

念を押すと、開けはなされた窓から流れ込む冷たい空気を吸いながら、蝶子は男のように肩へ袖をたくしてあげて、クッションに頭をつけたまま、すぐにうとうとしかけていた。

岩本といっしょに住まなくなった原因のうちに、この頃眼に見えてみずみずしくなったアンヌの寝室へ、わざと夜中に二、三度はいりこんだ岩本を警戒した気持もあるように考えられて

きた。まさかと蝶子は逆うようにつぶやいたが、疲れた頭にそんな妄想がこびりついて、やはり、離れないのだった。

石の柱にはめこまれた鋳物の門を、蝶子は尻からげして、すばやくのぼって行った。銀座あたりに住んで、いつか忘れていた星が、宝石のようにきらきら眺められた。子供の頃の蝶子は、女のくせに餓鬼大将で、泥棒ごっこをしたときには、いつも女賊であばれまわっていた。多くの男の子の捕吏に追いつめられては外人屋敷の鉄の門を、素足でするするのぼったのであった。

いっしょに犬ボーイの辰三が、寝ている筈の大きな犬小屋から、もう、足音で蝶子とわかって慕い寄る犬の群れに、やさしく声を掛けながら、中二階に寝ている女中の里子をゆりうごかしていた。

「旦那さまはどこなの」

「お離れのようでございます。そちらへ寝床をお敷きいたしましたから」

女中はうつつに言って、ふと、おびえているようであった。

「いいんだよ。もう寝るだけだから」

起きようとする里子を、蝶子は押しとめて、ずかずかと離れにゆくと岩本はいなかった。寝床は敷かれたままで枕はなかった。二階の洋間にベッドがあるので、そこにいるのかもしれなかった。

蝶子は、階段をあがりながら、或る不吉な思いに捉われて、お父さん、お父さんと呼んでいた。

部屋の中から寝疲れた岩本の返事が聞えてきた。

「あたしよ。開けてちょうだい」

ハンドルは鍵でしまっていたので、入口のスイッチを入れると、天井からのシャンデリアに灯がついた。

裸でタオルを腹にまきつけた岩本の傍から、犬ころのようにころげおちて帯を締めている女の姿が影絵のように映しだされた。

「開けたらどうなの。みっともない」

蝶子は、他人事のように、暗い廊下に突ったって、ぼしゃぼしゃの髪の毛をあわてた手附でまとめあげている小柄な女の姿を眺めているうちに、遣り場のない怒りがこみあげてきた。そして、近頃の岩本とその女の交渉が、何もかもわかっているように思えてきた。

岩本は、青白い顔をひきつらせて笑いながら、寝室へ蝶子をみちびきいれたのだったが、鏡台にむかって顔をなおしている女の、おびえきった小さな顔を眺めると、蝶子は、

「このざまは、なにごとだ。水をもってこい」

と鏡の顔にどなりつけた。蝶子は、はっきりそう思い込んでいる神明町の待合紅葉の内儀にちがいなかった。そのおかみは、岩本の智恵をかりて、近頃株に夢中になっていた。

「はい、かしこまりました」

しっかりした返事をして、もう、勝手を知りつくしているらしいたしかな足どりで、蝶子の

求めた水を取りに行くらしかった。

「逃げようたって、逃がしませんよ」

蝶子は、まだ、ぬくみの残っているベッドに腰を掛けながらわめいた。

「ええ、奥さま。話はきっぱりつけるつもりですから」

おだやかに、一度、廊下に立ちどまって、その女は返事をするのだった。低い割によく通る声は長唄か清元の地があるらしかった。

「おい、蝶子、あまり、みっともないことはよせ」

岩本はにやにや笑いながら言った。

「みっともないのは、あなたじゃあないか。女房の留守に泊り込むなんて図々しいったらありゃしない」

蝶子は吐きすてるように言って、岩本が肩などを撫でてなだめすかそうとするのを、冷やかに笑っていた。

「あいつが帰る帰るというのを、俺が無理にとめたんだ。この場はだまって俺にまかせろ」

蝶子は、紅葉のおかみの静代を静かにおくりだすつもりであったが、ひと言の詫も言わずに帰ろうとする静代の足が、庭石の上の草履に触れようとしたときに、ぐいと腰のあたりを蹴っていた。あっと小さな声をこぼして、静代は芝生のなかにころげ落ちたが、そのまま立ちあがると、前を直してゆっくりとうしろ姿をみせたまま遠ざかって行った。

蝶子は近くにあった辰三の家で夜をすごしたが、岩本と別れるつもりになっていた。あくる朝、露にぬれて静代の落ちた髪飾りが芝生のなかにきらきらひかっていた。

「どう、あの人といっしょになったら。私はどっちつかずのことはいやなんです」

「冗談じゃない。浮気のたびに別れていたら、女房なんて何人あってもたまるものか」

岩本は本気にそう思っているらしく、蝶子の前できれいに静代と別れるとも言った。

蝶子が、岩本のただで遊んだような気でしゃあしゃあしている静代との別れをのぞんだのは女の意地で、そんな解決をする岩本という男を憎まないわけではなかった。

この人は自分のこともそう思っているんだ。いつか、きっとむごい別れ方をするにちがいない。蝶子は、そう考えると自分名義の家とアンヌだけが生きてゆくたよりのように思われた。

話がついて岩本と蝶子が紅葉からでるとき、電車道まで、静代は送ってきた。

もう、あたりの眺めを白っぽくするような冷たい風が吹いていた。

「私も水商売の女です。あなたさまのような素人衆には、決して御迷惑はおかけしないつもりです」

自分よりひと廻りは年下に思える静代が、あどけない眼附で言ったとき、やはり水商売あがりの蝶子は、もう更年期近い自分の、みじめな、ふてぶてしい生き方をいやになってもいた。

「いつか気持がお互いに直ったら、いっしょに思いっきり飲みましょうね」

蝶子は型のように岩本に寄りそいながら、思わぬやさしい言葉になっていたが、静代とは、もう二度と逢うまいときめていた。

「お元気にお暮しになってくださいませ」

静代は心をこめて蝶子に言っているようで、岩本へのためかとも聞かれた。

自動車にのるときに、静代は別れの挨拶をするのだったが、ふと抱きしめたいような静代の小さな素足が、蝶子の眼にしみた。


岩本が新築されて間もない三平についたとき、まだ店は客でぎっしりつまり、辰三が坐っている銅のおでん鍋から白い湯気が濛々とたちあがっていた。

「旦那、おかみさんは二階ですよ」

岩本は重いカバンを抱えながら、せまくるしい階段をのぼった。

岩本は、玉目の長火鉢の主人の座についている蝶子の男じみた表情を眺めながら、終戦後、ハワイの大学で日本語の教授をしていた杉森の行方がわかり、そこへアンヌが行って玉のような男の子を生んだという話などを、送ってきた写真をのぞきながら聞かされていた。

ひどい老眼になった岩本は、ただぼやぼやと見える杉森の新家庭を形だけのぞいているのだとは知っていたが蝶子はちっとも肚がたたなかった。

杉森と別れてきて日劇のダンシングチイムの教師になったアンヌは、慰問のために北九州などの軍需工場まで廻らなければならなかった。スパイの嫌疑をうけて特高に調べられた腹だたしい思い出なども蝶子は淡々と忘れかけていて、岩本に訴えても実感が湧いて来なかった。

水飴に手をつっこんだように、どうにもならぬ、ねばっこい娘のアンヌとの生き方が、やはり、生きるのぞみになっていたのだと遠くハワイに行ってからも思うようにもなった。むかし犬ボーイであった辰三が、蝶子をたすけているのだが、蝶子は死んだのちの三平を辰三に呉れてやるつもりで息子のような気持になっていた。

ちらほらと辰三に縁談がおきて、そのたびに気分がおちつかなくなり、そして見合いのあとで、いつも相手の娘に難癖をつけるのは蝶子であった。

「おかみさん、まだ、そんな気もしませんし……」

おとなしい辰三は、そうは言っても、蝶子の母親らしいいらだちに困りはてているようであった。

「だいぶ溜めたらしいじゃないか」

「こうなるまでは大へんだったのよ」

いっしょに暮していた頃より、また、ひと廻り体に幅のでてきた岩本は、生れつきの投機性にものを言わせて、終戦後のあらい財界をあばれまわっているらしかった。

「お互いに別れてよかったと思うこともあるし、また、いっしょに暮していたらと考えたりもするのよ」

アンヌを手ばなした蝶子は、色々の思いを包んで岩本に言ったりした。

「どうだ。余った金をこの岩本にまかせてみる気はないか」

蝶子へのぞきこむようにして、自信あり気にすすめるのであった。

「辰にわたしはなんでも相談することにしているの。辰はほんとうに私のことを想っていてくれるんだもの。想ってくれる人の言うことをきいて、それで文無しになってもくやまないつもりなんです」

「じゃあ、俺は辰よりもお前さんのことを案じないってわけだな」

「きまっているじゃないか」

蝶子は小気味よく答えて、さみしかった。

看板にして、階下の居間にさがった辰三が、ちょっと挨拶にあがってきた。

「ご無沙汰ばかり申しまして……」

辰三は、前から口数の少い方であった。

「岩本さんが今晩お泊りになると言われるから、あとで寝床をあっちの部屋に作っておくれ」

辰三は女中を置かない蝶子と暮して、女代りに立ち働いていた。

岩本と蝶子とのあいだの襖には錠がおりるようになっていた。そこではなじみの客が賭けマージャンなどをして夜更しすることもあるので、蝶子が不意の入室をきらったためであった。

どこかで人声がしながら、うつらうつらと明けてゆく銀座の空のしらむころ岩本が喉のかわいたような声をしのばせて、襖をがたがたさせながら、蝶子、蝶子と呼んでいるように夢心地できいた。

別れるまでは間があったが、紅葉のおかみとの事があってから蝶子は岩本と他人のように暮していた。

蝶子は、ふんと鼻の先きで笑って、寝たまま太い脚を投げだして襖に掛けながらかさかさに脂気のなくなった蹠《あしうら》に、体をあさましく動かしている岩本の老いこんだ姿を感じとっていた。とうの昔に蝶子は、うっとうしい女からあがっていた。

明くる日のおそい朝飯をとりながら、

「やっぱり、あなたには泊っていただかない方がよさそうです。寝不足はかなり体にこたえますからね」

蝶子はさらりと事務的に岩本に言ってから、老いた猿のように階段を降りると、きのうの売上げをすぐに銀行へ持ってゆくように辰三の耳に口を附けて言いつけていた。

金の無い私だったら、もう洟もひっかけないくせに。――蝶子は岩本に向って怒っているようでもあったが、広い世の中に対する抗議になっていた。

塵の中

揚屋町の、小さな楼に浮名が住んでいたとき、なじみの直治にそそのかされて自廃※した。浮名の咲子は、四年の年期がきれるようになっていて、借金から足がぬけなかった。もう二年だけ、勤めをのばすか、自分を身請けしようとしている北原の妾になるか、そんな心当りは、まだ、二、三人いたので、あたってみようと思ったりしたが、新らしい証文を入れるには、まだ、半年たらずの余裕があった。

咲子の金遣いも荒かったが、はじめての前借が減るどころか、かえって増していた。遊ぶ金はあっても、身請けするほどまとまったものは、自分の好きな客の中にはなかったし、その頃は、どうせ、どうにもならぬものなら、借りられるだけ借りようと、半ばやけぎみに内証から金を引きだしては遊び暮していた。

浮名は自分勝手に振舞って、その気性を客から愛され、いつも二枚目からさがったこともなく、また、ふしぎと寝くたびれたところが、長い勤めにもかかわらず、見られなかった。主人は、まだ、浮名は充分使えると思っていたので、我儘を通させて、言いなりに金を流していた。

その頃、直治があがってきたのだった。

浮名の心当ては日本橋の請負師の北原だったが、その人には女房もおり、子供が三人いた。上野の広小路の時計店の番頭を勤めている耕は、浮名に小遣をよく続けて呉れたが、長いなじみなのに、決して床をつけたことがなかった。肌も白く、ぼやっとふやけて、仕種も女らしく、

※自由廃業。娼妓などが雇い主の許可を得ず、自由意思で廃業すること。

優しい心はあっても、性的にひきつけられることはなかった。

直治はそれまで遊びを知らなかったらしく、むきになって浮名の許に通ってきた。

どうせ、学問もあるらしい会社員の直治と、いっしょになれる筈はないと浮名はきめていたので、北原にひかせるために、直治を当て馬に使う気で、いつも、直治を本部屋に通して、北原をじらしていた。

直治は部屋から物をとる場合も、遣手の分を頼むことも知らぬほどの未経験者なので、本部屋に通しても、どれだけ金がかかるのかちっとも分らないらしく、浮名も、直治にはあまり金を遣わせると、長続きしないと身銭を切ったり、耕から金をひきだしたりして、直治に気苦労をかけまいとしていた。

北原を、浮名は死ぬほど好いていた時があり、その頃を思いだしただけでも、首筋に鳥肌のたつことがあった。

直治がきていたときに、北原も別の部屋にいた。

ポータブルを畳の上に置いて、浮名は立膝になり、その頃はやっていた「夢去りぬ」を掛けていた。

北原が別の部屋でいらいらしているのを知っていて、自分が相手をじらす気で、いつか自分がじれていた。

直治に、散々な北原との惚気をきかせて、妙に感じいっている直治の態度が気にいらないのだ。

幾度も、部屋の外から迎いの声がかかった。

「そんなに北原という人、好きなのか」

直治は呆れたように、そんな浮名をのぞいていた。

「でも、お妾はきらいさ。こんなところの女がどんなに世の奥さんというものに憧れているか、言って見ようもない」

浮名は、サウンド・ボックスを手ですくいとって、また同じところへ戻しながら、遠くの北原の部屋へ耳を澄ましていた。

「いったい、あなたはどうなの。どんなつもりで通ってきているの」

「浮名が好きだからさ」

「ただ、それだけ……」

つまんないと言って、浮名は改めて直治の顔をみて、北原の囲い者になるより仕方がないのだとの思いをのみこむようにした。

直治は、吉原と言うこの知らない場所にあこがれて、浮名の野性的な振舞にひかれて、通ってきていた。そして、あきるほどきかされた北原の噂に、ついぞ自分を相手がどう思っているなどと考えたことはなかった。

妻に死なれて一年たらずの直治は、寂しい回想で、浮名には思いを寄せようもなかった。

「ああ、じれったい」

手ですくいあげたサウンド・ボックスをぐるぐると廻っているレコードの上にたたきつけ、すっくと浮名は立ちあがると、うしろ手に障子をしめて、重い草履を引きずりながら、北原の部屋へ急いだ。

直治はひび割れたレコードの溝に突っかかりながら、針が動いている、とぎれる悲鳴を聞きながら、自分が浮名を貰ってもいいと、ふと思った。

浮名の小さく、冷たい肌を抱いていると、死んでいる人のようでもあった。そんなときに頤をひくと、二重になり、左に笑くぼがあいた。直治が上からのぞきこむと、うっすらと瞳をつぶり、はじらいに似ていて、ぽかっと開いた唇から、きらきらした白い歯が笑いこぼれた。圧しつけるようにする、胸はやわらかく、そこにはいつもあまいあたたかさが宿っていた。

耳朶が大きくふくらみ、浮名の言うには、男の人達にかまれて、人工的にそうなったのだと のことだが、なにか手づかみできる、しあわせが、そこにあるような気もした。

「あたしは巳年でしょう。金には不自由なく暮せるんですって」

浮名はそう言って、けらけら笑った。

北原は身請けの金を用意して来た筈であった。

北原は遊び抜いた男なのか、浮名を遊ばすようにして、派手に金を撒いた。

そのくせ、浮名を身を売る女のようには遇しなかった。そう言えば直治もそうであった。

世の女達のようにしてくれるのを、浮名は素直にありがたいと思った。浮名は勝気だが、まっすぐな性質で、自分をいやしくみる相手には、どこまでも、そのように出て、金もしぼれるだけ抜いたが、身にしみると、もろかった。

北原は、その金は事業に廻すつもりであったが、浮名のことに使おうとした。気も張っていたので、札束をとりだすと浮名の頰を、そっとたたいた。

浮名は何よときっとした表情になり、北原は、これでお前が自由になれるのだよと札の包みで、また、頰を打った。

浮名は北原の苦労が頰の痛みを通じて、はっきりと心にやきつけられた。

「何さ、こんなもの」

浮名は言葉にして、自分の気持との距りがあるのに驚きながらも、しっくりした安定感を得た。長い苦しみが、こんな厚み程度の札束で無くなってしまうのがたまらない。ええ、しゃらくさいと、咥えていた、ほうずきといっしょに、ほきだした。

北原のどこかに金で人を買う、いやらしさが、浮いているとその時浮名は見た。

「いつ、あなたに、お妾にしてくれと私がたのんだ?」

「……」

「言いなさいよ」

恩きせがましく、あなたらしくも、ないじゃあないの。

「じゃあ勝手にしろ」

ぶつっと北原が言った。

北原は、こんなときに浮名をどうあつかえば、いいのかは、長いつきあいなので知っていたが、白ちゃけた空気のなかに重く心が沈んで行った。無理に浮かした身請けの金に、けちがついて、北原はどうでもなれとはげしく居続けた。

直治は、この頃では、浮名の顔色をみただけで、誰か好きな男が来ているなと読みとることができるようになっていた。

浮名の身も心も、ひきちぎられるような、せっぱつまった感じが伝ってくるからだった。

瀬川と云う直治の姓を、遠くの部屋で男がどなっているらしく、それに浮名のきんきんした癖のある声がまじりあって争っていた。

直治は、精根がつきはてた男の声に、なぜか北原にちがいないと思いながら身の毛がよだつようであった。

はげしく物をなげあうような物音につづいて、まっすぐに廊下を走ってくる浮名の足音を直治はきいた。

直治は部屋から飛びだそうとしたが、追いかける北原を、みなで、押しとめているらしい。殺してやると、はっきり聞えながら、うちくだかれた男の泣き声に似ていた。

浮名の部屋の窓口に引いた木綿糸を伝って、朝顔がはいあがっていた。日蔭のせいか、葉の緑も薄く、いたずらに葉の形は大きかった。

三階の浮名の部屋は、廊下のはずれにあって、西陽がはげしく照りつけた。

窓の外は、隣りの楼とのしきりに高い板の塀があり、屋根には物干場が突きだしていた。

夜更けに直治は、その物干場に窓からでて、涼しい風に吹かれたりした。そして、塵にけがれた星を眺めたりした。

直治は、立ちあがって電燈を消して物干場へ出ようとしていると、さっと障子をあけて知らない女がはいってきて、自分で床をのべながら、ねえ、浮名さんに頼まれたから、私といっしょに寝ていてとすすめるのだった。

浮名はパーマネントをかけた短かい髪をしていたが、音羽と呼ばれる、その女は大きな日本髪で、むっと鼻にくる、きつい油の匂いがした。

直治は風にさやぐ朝顔の、しぼんだ花を、枕に頤をのせて眺めていた。

浮名は、音羽の部屋で、音羽の客といっしょの床にいる筈だと、煙草の赤い火を闇のなかで時々光らせながらその女は語るのだった。

廊下の外で、たしかに人のとまる足音がきこえ、すうっと障子があいた。そして、浮名、浮名と低く呼んだ。

音羽は直治を抱くようにして、

「誰、ここは音羽の部屋よ。変んなことをすると承知しないから。とっとと帰れ」

ふとい首をもたげて叫んだ。

そのときに直治はきらりと光った金縁の眼鏡を障子の端しにのぞいた。

「きいさんの甚助。だから浮名さんにきらわれるのよ」

北原なのだと思われる人の頭は、繃帯で巻かれ、血がにじんでいた。

北原はもう、思慮を奪われたように、ふらふらと立っていて、どこかに眼を据えていた。

北原がやがて、去ってゆくと、音羽は、

「浮名さんが、あの人に大きな刺身皿を投げつけたのよ。浮名さんも、どうかしている。あんなに世話になった人なのに」

畳に耳をつけて、北原の足音が遠のくのをたしかめてから、もう、大丈夫よと音羽は抜けだした寝床を押えて、引きあげて行った。

浮名は、すぐに帰ってきた。床のなかで肌をつけると、冷たさが伝わってきた。直治は音羽の部屋で、ひとりいた浮名を、いじらしく思った。浮名は直治の傍らに寝て、声を殺して泣いている。

ふるえが、はげしく直治の身に伝わってきた。

この世界で生きるためには、邪魔な神経を、まだ、この女は持っていると直治は思った。

「僕でよかったら、この場所から脱けださないか」

直治は耳許でささやいた。浮名はふっと真顔になり、曲げた指で涙をぬぐいながら、

「それ、ほんと」

かすれた声をあげた。

「僕は金は無いよ。だから、自由廃業より仕方ない。そんなことできるそうじゃあないか。誰かに聞いたことがある。しかし、いのちがけだな」

浮名は息を殺して、だまって眼をつぶっていた。

浮名は、金で身請けされるのでは、何かしっくりと腑におちないものがあった。なんだかわからなかったが、そのわからないものに復讐したいような気がむらむらと起きてきた。

北原の身請けの金に、なぜ、あんなに腹がたったのか、浮名は自分でもわからなかった。

浮名の咲子は、宮城県の白石で降りて、六里の山奥にある農民の娘だった。

苅田郡七ケ宿村は、むかしは参観交代の道中筋にあたる宿場で、前に湧く水が茶にむくので、家号を清水屋と言っていた。

蔵王の麓に近かったので、宮城といっても、山形に寄っていた。

冷害で凶作のときに、水戸の荒浜の魔窟に売られ、二十歳のときに吉原へ流れてきた。金で体をよごしたうらみが、浮名にこびりついていた。

自分の意志だけで、鐚《びた》一文払わずに、世のなかにもどれるものなら、どんなにすっきりした気になるだろう。

楼を抜け出て連れもどされたり、象潟署《きさかた》に訴え出て、取りあわれなかったりした女達を、四年のあいだに幾人か見てきていたので、ほとんど絶望的な企てと思ったが、浮名は、すらりとやりとげてみたい気にかりたてられた。

地ごろに半殺しの目にあった相手の客や、部屋に監禁された女のおびえた姿が、浮名の胸にまざまざと甦ってきた。


瀬川は会社の外交関係を受け持っていたので、種々な層の知人が多かった。

新聞記者の山本は、大学の卒業論文が「日本公娼制度の研究」であったので、会って色々と力を借りることにした。

直治は、浮名を好きになっていると思うと、ざっくばらんに浮名に惚れていると言いにくく、何か正義観のようなものを自分の心に用意する必要にかられた。

山本は瀬川の説明を聞いてから、

「結局、君が浮名というその女に惚れたことと、身請けする金がないということですな」

ずばりと言ってのけて、瀬川の表情の動きを覗きこむようにした。

「で、その女はどうなんですか。失礼ですが、あんな世界にいるときは、良く見えても、世の中に連れだすと、つまらないと思う女が多いのですよ。そんなときは、のぼせあがっておりますしね。それにあなたは女というものを、あまり知らないようだから。いちど、いっしょにその人と会ってみましょうか」

「そう願えれば。……いつでもお供します」

内証では、北原の身請けを断ったのちに、二年の勤めの延長も、取りやめにして、郷里の叔父の郵便局長が、借金をきれいにして、身柄を引きとりに来るようになったと浮名が申出たときに、ちょっと眉つばものだと思わぬわけにはゆかなかった。

浮名のところに通いつめた数人のなじみにも警戒の色を帳場では見せはじめた。

浮名が山本にこっそり会ってからは、決心をかためたらしく、愉しそうに余分の食器を紙に包んだり、気附かれないように、世の中に出てから着れる地味な着物を、洗張りにだすことにして、外にあずけたりした。

渋谷から、いつもオートバイを自分で運転してくる加納は、遊び人風なので、いちばん帳場の眼が光っていた。

加納が、そそのかして、連れだすにちがいないと思うほど、ぱったりと絶えていた遊びが近頃はじまっていた。

浮名は、加納にだけは情をあかして、足しげく通ってくるように頼んで、瀬川が動きよいようにした。

地味な瀬川は、あまり眼立つ遊びもしなかったし、瀬川が、あるいはどたん場で浮名に背負いなげをくわされて、加納のものになるのではないかと思うほど、浮名は加納の部屋に入りびたっていた。

直治には、知的な育ちからきた見栄があって、あらわには嫉妬をもやすことはなかったが、それだけ、遣りきれない思いに突きおとされることもあった。

山本は象潟署をうけもっている、いわゆる察廻りの記者とも連絡をとり、最後に本社の社会部の名刺を出して署長に面会を求めた。

署長は、どこまでが本人の意志か、その解釈の仕方で、瀬川に誘拐罪が成立すると軽くおどかしたりした。

借金の一部に充当する程度の本人の所持金も必要なことがわかり、その拈出のために瀬川は先輩のところをかけずり廻った。

浮名は手許にあれば遣ってしまうかもしれないというので、直治は渡さずにあずかっていた。浮名は無駄に使用してしまった北原の身請けの金のことを覚えていて、自分の抑えることができない気質から来る変調を防ごうとしていた。

浮名は、慎重で、大胆に振舞っていた。

もう、楼主と本人への呼び出しが、二、三日の中に出る運びにもってゆこうとしているときに、朝帰りの直治を待たせて置き、浮名は医者にゆくと帳場に断って、ふたりで外にでた。

帰りの客があらかた帰って、まだ、寝呆けている静かな大通をふたりは肩を並べてあるきながら、きっと店の者が後をつけていると浮名が言い、かなり行ってから、大門近くの射的屋にはいった。

人通りの少ない、まばらな道を、軒伝いに番頭が見えかくれについてきていた。

浮名は、赤い色の、直治は、青い色の、ソーダ水にストローを入れて吸いながら、すばやく目まぜをした。

「あなたも、完全ににらまれているわけね」

浮名はそう言って、佗しげに肩をおとした。

そして、外に出ると、

「もう、じき逢えなくなるんだから、今晩も来てね」

わざと声高く浮名は帰ってゆく直治に呼びかけるのだった。

山本から、その夜、瀬川のところに連絡があり、浮名が自由廃業を申しでたので、あすは楼主と本人に呼び出しがある筈だとのしらせがあった。

「最後まで、突っぱらなければだめなんだ。浮名ひとりではあぶないから、今夜ひと晩つきそって、はげましてやるんだね。君の身辺もねらわれるかもしれないが、地ごろにそなえて、いつでも僕たちが動ける対策もたててある。君がおびえるようじゃだめだ。相手の気持にすぐに反射するからね。腕の一本や二本はなくする気で、まあ、悠然とかまえているんだな」

直治は、正しいことを自分がやっているのだと思い込むには、浮名が好きなのだということが邪魔になるようで、世の中にでるまでの世話はするが、いっしょになる、ならぬは、相手の自由意志にまかせようと決心した。

直治は近くで自動車をすてると、ちょっと帳場を見ただけで、こねるようにして靴をぬぎ、すぐに階段をのぼっていた。

もし、訊ねて、断られれば、それまでのこと。また、深くなれば、客を断ることも店としてできるのを知っていた。

直治の動きには、荒れた殺気が立ちこめているにちがいなかった。

店の空気に、厚い硝子を体あたりで破るような重く、暗い抵抗が感じとられた。

直治があらく障子をあけると、浮名は派手な座蒲団の上に、きちんとすわり、自分の膝を眺めてばかりいた眼をあげた。

一瞬、笑いが涙にかわり、斜めに首を落して、だまって挨拶した。

古新聞に包まれた、こまごました身の廻りのものが、あたりに積みかさねられ、緑色の旅行カバンが口をあけたまま、傍らに置かれてあった。

浮名を好きだから、連れだすのが、なぜ、わるいのだと、直治は電燈にてらされた首筋を見降して立っていた。

裏階段をつたわって、湯殿へ行った。

「あっ、あつい」

わざと叫んで、浮名は水道の蛇口をひねり、それを桶で受けては、外に棄てながら、直治の耳許にささやいた。

「あす、あさ、呼びだしが署から来る。私が自由廃業を願いでて、受けつけてくれるまで、新聞社の人が立ちあって、牽制していた。あの人がいなかったら、追い返されていたわ。署の人は、大抵業者とぐるになっているんだから」

楼のなかが、すべて、敵の耳になっている。水の流れる音にまぎれて、やっとこれだけの話ができただけでも良かったと浮名は考えているふうであった。

「山本から連絡があった。しっかりするんだな。どうしても、こんな勤めがいやになったと突っぱるんだ。いいね、どこまでもあなたの意志なのだよ」

「ええ」

浮名は浴槽の縁に腰をかけて、前にひろげたタオルに、手で湯をすくっては、かけながら、何か流行歌をうたっていた。


浮名が、鏡台に向って、あっさりと化粧をしていると、廊下から、母さんが御内証でおなじみさんと話したいと言っているけどと使いのものが言った。

「なに言ってんの。この方は、私のお客よ。遊びの金もすんで、この部屋にいて、なにがわるいのさ。大事なお客を呼びおろすなんて失礼だわ。用があったら、お母さんの方から出向くべきでしょう」

浮名は立とうともせずに、ずけずけ言った。

「ちっともわるいと申上げていやしません。こみいった話だから、御内証で、お茶でもさしあげながら、と申しているだけですわ。この御部屋では申しあげかねることらしいの。どうかしら」

「私はお断りします。私への御用なら私がまいります」

「じゃあ、帰って、そう言います」

直治はひと言も語らなかった。

やがて、重い足音が、浮名の部屋でとまった。

「浮名さん、お邪魔していい？」

「どうぞ」

はいってきた楼主の内儀は、ずっしりと重い体をおろして、

「いつも、ごひいきにあずかりまして。いちど、お目にかかって御挨拶申上げたいと思っておりました」

と瀬川に挨拶した。

「私、瀬川です。こちらこそ、お世話になりまして」

浮名は瀬川にひたと身を寄せて、並んだまま、

「どうぞ、御用をおっしゃって下さい」

とせきたてた。

「つかぬことをおききするようですが、瀬川さんは、浮名を身請けするようなおつもりでも、ございますんですか」

「とんでもない。私には、そんな金などありませんよ」

「お金のことを申しあげているんではないのです。お気持をうかがっているだけ。もし、そうでしたら、お金のことなら、何とか相談にも応じられると思うんです。勤めをのばすことも断り、また、北原さんという方がどうしてもと言うのを蹴る。故郷に帰えすために、叔父が金策していると申すんでございますが、長いあいだ、この商売をしている自分には信じかねるところがあるのです。四年と申しましても、親子のようなつきあいで、何でも浮名があまえて言ってくれそうなのに今度のことだけは、どうしても、しっくりとまいりませんでした。この妓のしあわせはこれでも考えているつもりなのです」

「あなたは、何か誤解しておられる。もちろん、私がここへ通ってくるのは浮名という人が好きだからです。しかし、身請けなどとは夢にも思いませんでした。ただ、近いうちにここを廃めて国に帰ると申しますので、そのあいだだけでもと思って、来ているだけなのです」

「もちろん、教養のおありになるあなたのような方が、そんな事をなさろうとはおもいません。しかし、思わぬような方が、つまらぬことをなさるものです。なにか、私どもの稼業を、悪い制度のようにお考えではありませんか。いかがです」

瀬川は、にやりと笑って、そのまま眼をふせた。

「もし、警察沙汰にして、この妓をひきだすなどとお思いなら、ちょっと考えがあまいと思うのです。その妓には金がかかっておりますので、おいそれとたやすく手離せません。それに、そんな例を作ると、誰だって、だまってはいません。浮名にまねて、その手を打つと思うんです。それは私達抱主にとっては死命を制する問題ですから、どんな手段も打つことになり、あなたのためにはなりませんでしょうと存じまして」

「まるで私が何かをたくらんでいるようなおっしゃり方ですが、何を根拠にそう言われるのです」

「ほ、ほ、ほ。まあ、相当な御年配の、あなたが、若いもののように、そう、亢奮なさらなくともいいじゃございませんか。たってと言われるなら、この妓は、そっくり、ただで差しあげるつもりで、ここにまいっているんです。ただで証文を捲くのは、いやですが、そちらでさえ呑みこんで、朋輩衆の前をつくろってくだされば……」

「お母さん、私のようなじゃじゃ馬を、瀬川さんが将来をみてくれる筈がないじゃあありませんか。妙な因縁をつけて、静かな別れの邪魔などしないでくださいな」

「そう、……これほど、言ってもわかってくれないのね。お前さんは」

「わかるもわからないもないじゃありませんか。何でもないことは何でもないのです」

「そう、じゃあ、これ以上は申しません。瀬川さん。この商売をするものは、色々な客を相手に、まんべんなく機嫌をとりむすぶものなのです。相手に惚れては本人も持ちませんし、また、こちらにとっても成りたちません。どうか、これからはお店にお見えにならないでくださいまし」

「妙なことをおっしゃいますね。惚れているのは瀬川で、決して浮名ではありません。お客がつく女を置く商売をなさって、男がいくら相手を好きになろうと勝手ではありませんか。私は、しかし、遊び人ではありませんし、浮名がいなくなってしまったお宅へ、二度と来ないことだけはたしかです。御安心なさったら、いいでしょう」

「そうですか。では、これで失礼いたします」

引きあげてゆく内儀に、瀬川は、

「今夜は金を払っていることだし、ゆっくり遊んでゆきますよ」

と釘をさすように言った。

「どうぞ、ごゆるりと」

内儀はしずかに答えて、思いの外、相手の瀬川には、手ごわいところがあると、無性に腹だたしくなっていた。

直治と浮名は、じっとしていると気がめいってくるので、冗談を言ったり、歌をうたったりしていた。

直治は、その頃は、浮名の仲間とも顔なじみになって、お茶をひいた人達が遊びにきたりしていたが、その夜は何かのかかわりになることを怖れてか、誰ひとりとして部屋をのぞくものもなかった。

咲子が浮名になったのは、ベルリンでオリンピックのあった年で、仕掛の下に五輪のマークを染めた長襦袢を着て、この店での初見勢に立った。

四年たって、オリンピックの開かれるときは、年期も切れて、世のなかに出られる筈で、苦しい勤めのなぐさめにしているのだったが、戦争に世界がまきこまれ、東京で催されるオリンピックは流れてしまい、浮名の借金は増えるばかりであった。

直治は、いつか浮名に電話したことを思い出していた。

その夜、直治は浮名のところに行こうとは思っていなかった。坂を降りて、省線にゆく道を横切る濠ばたの小さな電車が、木枯に吹きさらされて、ひしゃげた恰好で通ったあとを渡ると、いつも手洗い水がひたひた流れ出している共同便所の前をすぎて、冬で店仕舞いの貸ボート屋を覗いていた。

寒い光りを地上におろしながら、月の姿は薄い雲にかくれていた。

風の冷たい濠の水は、ぼっと遠くは夜霧に霞みながら、鮮明な光りの動きが、小さな水皺にのって、ひたひたと足許に寄せてきた。

つながれたボートの色あせたグリーンが夜目にもくっきり見えた。

家に帰ろうと思う頭のどこかに、さっきから女を訪ねたい気持がゆらゆら動いていて、省線の入口にはいりかけながら、また脚をかえして、公衆電話に飛びこんでいた。

直治は、その儘に浮名とずるずると続いてゆけば、身の破滅になると、とっくに感じていた。

それでいて、どうにもならないのだ。

公衆電話の窓ガラスがこわれていて、そこから吹きこむ頰を截《き》るような風で、うしろ手に入口の扉の把手を握らなければ、バタンバタンと音をたてた。

蜘蛛の巣のかかった裸電燈を仰ぎながら、どうせ、今夜は泊る金もないのだから、浮名の声だけでも聞こうと、数字の記憶の薄い直治は、いつか、ここの壁の隅に書きつけて置いた浮名の楼の電話番号を呼んでいた。

「……浮名を呼んでください。……えっ？　こちらは瀬川」

出たのは帳場に坐っている番頭の声で、待っているあいだの電話を伝って、ポータブルらしい蓄音器の流行歌や、キンキンする女の声などが流れてくる。

三階のあの部屋まで迎いに行き、重い草履を引きずって降りてくる迄の時間を考えているとふいと横から、飛びだしたように、すぐに浮名がでた。何も言わないで、うふふとふくみ笑いをした。

店にたって客を呼んでいたのかと直治は聞いてみた。そして、

——寒い晩だね。どうしているかと思って……。

と訊ねた。

——寒くて、寒くて、……お店へ風がまっすぐにはいってくるでしょう。それに、今晩はお茶を挽きそうなの。

——どうだか……。

——いじわる。

財布なしの直治は、ポケットから、ばらばらの札や銀貨をつまみだして、電話の箱の上で数えながら、

——行きたいが、とても足りないや。

と投げだすように言った。

——なんとでもする。

また誰からか借りるのかと直治は思った。

そこから、四つ目の駅で降りて、五十銭だせば、なかまで自動車で行けるのだが、十二時を過ぎれば、安いと聞いていた直治は、わざと、三の輪行の電車を拾った。

いつものことだが、直治は他の土地と変った眺めをおちついて見ようともせず、浮名のいる楼へはいってゆく。まっすぐに浮名のふところにはいってゆく。

誰か部屋まで送ってくれたが、もうその人を置きざりにして、直治が障子をあけると、ゆるい衿に首を落して、じっと浮名がいた。

金がないので、気をつかって遅れたのだといえばよかった。男にそう言わせては、浮名がすたるとわざと黙って、直治は長火鉢の前に膝を抱いていた。

浮名は細い真鍮の火箸で何かをしきりに書きながら、ちらっと直治に眼をやったきり、今晩は、とも挨拶しずにいるのは、直治のそんな肚の底をよんでのことで、しかし、待ちくたびれ

て、しびれを切らした心は、どうしても戻らないのだった。

「……だから、女はつまらない」

と嗄れた声を落し、浮名は隅の炬燵に、しかけてあった丹前を着せて、直治がぬぎすてた洋服を壁にかけた。

やがて、浮名は直治に壁の方を見ているように言い、ずぶりと畳に火箸をさして、畳をあげ、床から隠していた金らしいものを引きだしたらしかった。

直治は、とことんまで、金を費いはたし、ひど工面の道も塞がれていた。

直治の体には、ほこりのように放蕩の翳がつき、浮名も長いなじみの客足が少し遠のきかけていた。

ここらあたりが、きれいな身の引きどころとわかっていたので、浮名が畳に突きさす火箸の尖りは、直治の心を貫くようであった。

直治が来ることを知っているのに、なにも眼の前で、浮名がこんな芝居をうたなくてもよさそうなものではないかと、不快な思いにかられ、すぐに引き返そうとした。

それがきっかけになって、痴話喧嘩じみたものに、発展してゆくのは、眼にみえるようで、そのために浮名と妙な深みにはまってしまうのを、直治は怖れていた。

遊びの場所なので、物質的な行きづまりから、みじんの遊びもなくなったふたりは、わずかに心を寄せあうことで、おぎなってゆくより仕方ないと、直治は、きれいに心の姿をととのえるためにも、ほそぼそと附きあいが続いてゆくのを、のぞんでいた。

半年あまりのあいだに、浮名との小さないざこざはあったにしても、よくも、ここまで来られたという感懐が直治の心を締めつけるようであった。

浮名は、卓上電話で、今夜は、どなたさまにもお目にかかりませんから、お断りしてくださいと帳場に言ってあったのにベルが鳴った。

浮名は事務的に答えていた。

「……はあ、あすの朝七時に出頭するんですね。いろいろとありがとうございました」

直治は象潟署からの電話なので、同時に楼主への呼出もあったにちがいないと、幾分緊張した表情になった。やがて、裏階段をきしませて、二、三人の男があがってきて、浮名の部屋の前で立ちどまった。

どいつだ、浮名をそそのかした奴は。叩っ殺してやれ、とどなるのを、年かさの男らしい、錆のある声が、まあ、まあとなだめすかしたりした。

浮名は、土地の顔役だと思いながら、今にも、踏み込んでくるかもしれないと、しっかり直治の手を握って、しずかに笑っていたが、触れた手は、ぞっとするほど冷たかった。

三十分ほどの間隔をおいて、同じようにふたりをおびやかすために、部屋の外をそんな男達が歩き廻り、内証で酒を呑んでいるらしく、だんだん声も言葉も乱れてきた。

置時計が一時を打ったとき、直治と浮名は、ひっそりとした物干場に現われ、浮名の手にかざす花火に直治がマッチをすった。

小さな路地で、ひとりの人がやっと通るぐらいの空地が、隣りの楼との境界になっていた。

浮名は体を乗りだすようにして、燃える花火を突きだしている。

しばらくして、通りの方でどどんと音響がした。

「何だ、花火か」

という声が狭い路地を伝わって聞えてきた。

ふたりが無事だとのしらせに、午前一時に花火をともすことになっていた。

山本といっしょに動いてくれる新聞記者たちが、情勢がどうなってゆくかを、附近で監視している筈で、こちらの合図を受けとった返しに響かせた花火の音だった。

直治と浮名に、何か眼に見えない、たのもしさが、沁みとおるように伝わり、どんな味方を得たよりも心づよかった。


夜の稼業になれたためではなかったけれども、夜更けて浮名の眼は青みわたってきた。

この楼をでて、また、二度とは足を踏みこむつもりはないらしく、自分だけの力で持てるだけの荷物をまとめていた。

色町の夏の夜は、明け放れるのも早く、空が赤みを帯びてきた。

直治は疲れた眼を涼しい風に吹かせながら、窓から外を眺めた。

直治は新聞紙に包んで胴巻にいれていた千円たらずの金を、浮名に渡した。

はじめには金が無いつもりで掛けあい、いったん、署を出て、叔父と会うことにして、直治と決めた場所で落合い、当座の必要な分を引いた残りの中から、楼主に渡して、手を打つ筈で、どんなに夜遅くなっても、二日にまたがらないように、話をまとめることにした。話が長引いては、弱い方が負かされてしまうと思ったからだった。

定休日などに、浅草に、遣手に連れられて行く程度の、東京の地理に不案内な浮名のために、上野の駅前の地下鉄ストアを落ちあう場所に決めた。

「あの大きな時計のあるとこね」

「そうだ。あそこの一階にいる。どんなに遅くなっても、待っているから、おちついて相手に掛けあうんだな」

浮名は、はいとめずらしく素直に答えた。

警察署は叱られに行くところとばかり思っている浮名は、心持ち緊張している。

北原がはじめてきた頃、よく、こうも金が続くと思うほど、居続けしたことがあって、浮名の部屋から、刑事に連れてゆかれたことがあった。

浮名は、北原がどんな男なのか、こんな遊び場では、商売なども色々に言うので、はたして請負師か、どうかは信じかねていた。

浮名も、もちろん、いっしょに連れてゆかれ、薄暗い部屋で、色々と取調べをうけた。浮名は先に帰されて、風呂にはいり、髪を洗っていると、北原からの電話で呼ばれた。手でしごいて髪の水気を切り、着物を羽織ると、素足で、廊下をはしった。

無事に調べも終ったので、すぐに、帰るから、食べものの用意をして置くようにとのことで、背の小さい浮名が電話口にしがみつくようにしながら、ほんとに良かったですねと言うと、心の張りがゆるみ、ふと涙がこみあげてきた。

黒の明石縮を素で着ていたので、髪からの雫でびしょぬれになっていた。浮名は体がすけてみえるのに、はじめて気附き、なに、かまうものかと、そのままのなりで部屋へ帰った。

その当座は、洗い髪の浮名と謳われたりした。

北原と深くなったのは、それを切っかけとしてであったが、浮名にとっては、象潟署は暗い思い出にすぎなかった。

直治は、服をきたまま、座蒲団をつなげて、横になっていた。

すこし、伸びた髯が朝陽にひかっているのを、浮名は眺めながら、三年近い北原との交渉を思い、ほんとうは、あの人が好きだったのではなかったかしらと考えたりした。

浮名は、堅気のように短かく地味な銘仙をきて、衿はぬかなかった。顔の作りも薄くして、大きな包みを背負い、日傘といっしょに幾包みもの風呂敷包みを持ち、さあ行きましょうと直治をうながした。

直治は、何かを持ってやろうとしたが、外に出てからの方がよいと、わざと空手であとから、したがった。

浮名は機先を制するように、「お帰りよ」と番頭に直治の靴をそろえさせた。

番屋の前を通って、揚屋町の口から往来にでて、自動車を拾い、見知りの仕立屋に持物をあずけてから、象潟署の入口に浮名の姿が消え去るのをたしかめてから、すぐに直治はその足で会社に向った。

机に向っていても、仕事が手につかないので、直治は外の用事をたすことにして地下鉄ストアへ行った。

昼すぎになって少しやつれを見せた浮名が現われたとき、直治は、靴下の売場の近くにいた。きょとんとして、浮名は探しあぐねている。直治は人波を切るようにして、まっすぐに浮名のところへ行った。

近くの永藤にはいった。パンをちぎっては、軟かいバタに押しつけるようにしてたべながら、そこまでの交渉を浮名は手短かに話した。

きょうは山本も署に行っていた。取調べの傍で、色々と浮名に智恵をつけるようなことを言うので、

「君、それ以上のことを云えば、誘拐罪として、君を引っぱるよ」

ちょっとまじめな顔をして主任が言ったほど助けてくれたとのことであった。

「吉原を自由廃業すると、また、出たくても、でることはできないのだが、それでもよいかと言ったりしたものですから、もう、二度の勤めはいやでありんすと言うと、そうだろうねと笑ったりして、案外話しがわかると思うの。だいいち私も、だんだん場なれがしてきて、のびのびとやっているんです。しかし、習慣っておそろしいものね。お父さんの前にでると妙に神妙になってしまうのよ。私の稼ぎ高を、今、出てくるときに、調べられ、色々と突っ込まれていたわ」

さばさばした言い方なので、これならば、うまくゆくにちがいないと直治には思われた。

楼主側から屢々瀬川の名が出たとの事であった。

二度目に浮名が山本を同道して、現われたのは、午後の五時すぎで、直治は不忍池の近くの蓮玉庵というそば屋で、待ちくたびれていた。

「最後になって、やはり、五百円とあまりの小銭を全部はたいて、話をつけたけれども、もっと金高をおさえても手が打てたのにね」

さも、残念そうに浮名は語るのだったが、山本は、こう、うまく行くとは思わなかったと、盃を口にもってゆきながら、ほっとした顔で言った。

「どうも、いろいろありがとう」

瀬川は山本に頭をさげると、

「まだ早い。最後まで解らないのだ。署で話しをつけて、一歩でも外にでると、向うの廻し者が、かくれていて、ひっかついで、ずらかるなど、よくあることなんだ。もう一時間ぐらいしたら、署の近くに車を待たして置いてくれ。僕が、乗るまでのあいだをたしかめてから、この人を連れてゆく。乗せたら、すぐに全速力で走らせるんだ。いいね」

浮名と山本は、すぐに帰って行った。

瀬川は、しっかりした新型の自動車を探し求めた。途中でパンクでもしては、大変だと思ったからで、待ちを付けて、署の近くに待機していた。

プラタナスの葉をすかして、明るい電燈が署の窓から照らし出されていた。

たしかに見覚えのある楼主の内儀が、二、三人の男達と連れだって帰って行った。

とうに予定の時間がすぎているのに、浮名が姿をあらわさないので、運転台の助手に頼んで、直治は内の様子を見にやった。

ひとりの若い女をかこんで、賑かに話しあっているのが、きっとそうだと思います。外には、女の人はおりませんでしたからと帰って報告するのだった。

署の近くにいる男たちは、みな土地のごろつきのように考えられ、何気無さそうに自動車をのぞく男もいたので、わざと車を徐行させたりした。

やがて、山本の姿が見え、あたりをたしかめてから、手を振って、自動車を求めていた。

下駄の音をコンクリートの上に響かせながら、何か大きく角ばった包みをかかえて、浮名はころげるように、ヘッドライトに照らされながら走ってきた。

助手が開けていたドアは、浮名のうしろから乗り込んだ山本を呑みこむと、大きな音をたてて締められ、すぐに速度を増していった。

山本が傍にいるのに、浮名は直治の方へ肩を寄せてきた。

「もう自由なんだわ」

浮名は改めて自分の体を眺めてから、胸のふくらみを手でたたいて、

「ここに、契約書や、借用証文などがはいっているの。これなんだか知っている。店に飾ってあった私の写真なの。これは縁起がいいものだから、差しあげましょうかと言って、仕様のない奴だなあってみなに笑われたのよ、わたし、そんなに仕様のない子かしら」

直治は顔をそむけている浮名の声を、きれいだと思った。くっくっと笑っている浮名の頬を、幾筋も、涙がながれていた。

数寄屋橋の袂にあるビアホールで、ウィンナソーセージを肴にしてジョッキをあおりながら、浮名の咲子は、世の中に棄てられたような孤独を感じて、町の灯を眺めていた。知らない国に旅立ったようで、ただ直治だけが心の寄り場になっていた。

この頃、時間で動くようになった直治は、癖になって腕時計を眺めてばかりいた。

すぐに咲子を家に連れて帰ることはできなかった。

直治には、小学校にはいって二年目の娘がいて、妻が死んでから、直治の母が、家のなかをきりまわしていたが、神経痛などの持病があり、その上、自分の夫はまだ生きていて、遠く秋田の弟の家に身を寄せていたので、母が言う嫁の、栄子の手をわずらわしていた。

直治が妻を失った当時は、あとに残された自分の息子の直治が、ひとり娘の悠子をかかえて途方にくれているようなので、自分だけ踏みとどまって、どうやら、後添いを決めるまで、不自由な体を台所で動かすより仕方がないと思っていたが、自分の夫は軽い中風で、弟の嫁の手にかかって、きたなく寝床をよごしているらしいのも気になっていた。

千秋公園の桜も散って、葉桜が蔭を濃くしていると便りがあった頃、直治の母は気がおちつかなくなり、癖の両手をうしろに廻して、まがった腰をのばしながら、軒先から遠く花曇りの空を眺めたりした。

ラジオで義太夫を聴くぐらいがたのしみの直治の母は、川反にある、きりたんぽを食べさせる店へ、いつか夫といっしょに、芝居見物の帰りによったことなど、ふるぼけた記憶を呼びおこして、心細そうに涙をながしたりした。

その頃は、直治が家をあけて、帰らないことも多くなり、孫の悠子をだいて寝られぬ夜をおくることも多くなったが、男の子の直治を、母はあわれに思っていたので、ことさら、新らしいワイシャツなどを着せたりして、男やもめになった、しぼんだ心をかきたてるためには、女遊びなどは仕方がないことと思いあきらめていた。

「直、どんな女でもいいのだよ。お前が気にいった人でありさえすれば。……水商売の人でも、いいんだよ。私もね、おじいちゃんのことが気がかりだし、病人の蒲団の、打ち直しなどもしなければならないし……」

直治はうすら返事をしながら、浮名のことを気づかれたかと、はっとしたが、子供のころから、直治の心をよく読む母のことを知っていたので、だまっていても、どうしても、脱れることができないのだと、少しあまえた安心感もあった。

「あとの人に子供ができると、悠子がかわいそうだと思うんですけれど、素人では、そうもなりませんでしょう」

直治は、散々にあらされたぼろぼろの自動車のような浮名の体を想像しながら、自分の行動を合理化しようとしていた。直治は数年のあいだ寝たきりの妻の恵子の療養費や、家政を切りもりする立場の女が倒れたために生じる無駄な失費になやまされて、僅かな給料だけでは、月々の暮しもやっとで、色々な内職に手をださなければならなかった。

瀬川は独逸語ができたので、その飜訳で、月々の収入の一定の枠を増すことができたが、これといった専門もなかったので、下受け仕事が主なので、あるときは映画のことをやったかと思うと、唯物史観にたった経済学のことであったりして、その度に遽《にわ》か仕込みの雑学で糊塗していたが、気附かぬ誤訳もかなりあり、のちになってそれと思い当って顔を赧めることもあった。「ワッセル・イントキジカチオン」と言う博士論文の副論文を、日本語から独逸語になおしたときなどは、家兎に水を注入すると言うのを、注射で入れると思いこんだが、それは口から無理に胃袋に飲ませることで、しかし、その論文が教授会を通過して、医学博士になったときには、ちょっと気が滅入ったりした。

直治は、生きることでせいいっぱいなので、会社の用で、料亭などに出入しても、座敷にでる女などは動く置物のように考えられ、また、どうにも自分の力がおよばない高嶺の花と思いあきらめていた。

美しい型が、媚を売る世界の伝統のなかに生きており、それが、そらぞらしいもののように考えられ、ちっとも生活のにおいのない遊びとしてしか眺められなかった。

直治の遠縁にあたる家が没落して、娘が浅草の馬道の花柳界に売られてきたときに、下地っ妓のくるしさもあろうかと訪ねて行ったことがあった。

ぬぎ棄てられた姐さんたちの、帯のあいだから出て来る、皺くちゃになった薄い懐紙をあつめて、小さな妹たちの折紙遊びの材料に送った話には、直治は自分にも小さな娘がいるので、ほろりと心に沁み、蜜豆などをたべさせてから、すこしばかりの金を手渡すと、

「おにいさん。すいません」

と気取った受取り方に、叔父筋にあたる直治は、ちょっと滑稽な泣き笑いを感じながらも、花柳界の流儀にしみた型を不快に思い、自然に足が遠退いてしまった。

直治は母が考えているほどの蕩児ではなかったし、また、そんな野暮な田舎ものが、吉原という土地に、ふとしたはずみでまぎれこんで浮名にあったゆえ、もう中年に近い男とも言われないほど、血道をあげて、自由廃業のような非常手段に訴えても、その女といっしょになるような無理を決行したのだとも言えるのだったが、他人の困難に手を貸すのなら、時機を失って

はとりかえしがつかなくなってしまうのを、無理を通してきた妻が、医者に診てもらったときには、もう、大きな空洞が両肺にいくつもできていて、ほとんど末期的な症状になっていたのを、痛恨したためでもあった。

江戸川を越えると、そこから千葉県に変るのだが、市川は、東京の近郊といってよかった。直治は、死んだ妻の療養のために、市川よりは、本八幡に近い場所に、小さな家を見附けた。そこは気流の関係で、海からの風が触れあって、オゾンを発生し、関東でいちばんの療養地と、土地の人達は言うのだが、住んでみて、一尺と土を掘りさげなくとも、水が湧いてくるような、大昔は海底にかくれていたらしい低地なので、湿気が多く、はたして病人に向くかどうかは考えると心細い話であった。

名物の藪蚊は、春先から秋遅くまで昼さえ蚊帳を必要にさせた。

ただ、松の大樹が多く梨畑がよく剪定された低い枝ぶりを拡げている、眺望がひらけて、おちついた田園情緒を形作っていた。

日本橋の問屋筋が、隠居所や別荘のために大森を拓いたと同様に、市川に続く、本八幡や菅野は、江東方面のメリヤスなどの繊維工場主や、商店などが、好景気に煽られて、老後の静かな生活をたのしむために、自然に発展した町で、東京から流れてきた住人には、生活物資も二割方高く、決して住みよいところではなかった。

市川は江戸時代の旗下の次男坊などの忍び遊びの場所で、博徒の親分や身内などの末流が、耕地から住宅地に変ってゆく地価の変動の波にのって、えげつない儲けをしているらしかった。土地に住む文化人も、かなり多かったが、住居は休息の場所としてのみ考えられ、働く舞台は東京に持っていた。また、そのことで、土地の人達にも高く評価されるので、市川という小都会を覆うている空気は、古めいたやくざの人情に似ていた。

人間臭い日蓮宗の本山などもあり、近くの中山競馬場や、船橋などの花街などが、あくどい色で、その風俗を染めていた。

何々寓という妾宅なども多く、浮名が咲子にかわったとしても、すぐに附合いができそうにも考えられる人達も、かなり住んではいた。

山本と別れて、秋葉原の駅の高いフォームの窓から、遠く浅草の灯が見えるのを、直治は、咲子に教えたりしたが、手にさげている額縁も重そうで、直治がかわってやらねばならぬような疲れが、咲子の小さな体ににじみ出していた。眼の下に暗い翳もできて、陰惨な表情で、早くどこかの畳の上で坐りたいとせがむのだったが、性的なものは、みじんもその口裏から感じられなかった。

山本は、古びた鳥打帽をかぶり直すようにして別れの挨拶をしてから、有楽町の近くで別れると、もう、いちど社にいくところであったが、時刻は終車にやっとで、乗っている人達もまばらなのに、咲子は座席に掛けようともせずに、明りをさけて、車の隅に倚りかかっていた。

直治は、両手を大きく開いて、そのなかに咲子を入れ、おびえているような眼に、疲れた笑いをおくっていた。直治を見あげるようにする眼は、世の中の風のあらさに耐えないような心細さを示して、あなただけが生きてゆく力なのですと告げているようであった。

直治は、残りの金のあるうちに、咲子を、自分の家にうまく連れてゆくようにしなければ、すぐに行きづまりになってしまうとしても、どこか、普通の女とちがうような咲子の態度が、ちらほら眼につきだしていた。

本八幡で、いつもは降りるのだが、ひとつ手前の市川の駅の近くの旅館へ行った。

幾日か、同じ家に滞在することにして、宿泊料をてきぱき値切ったりする咲子は、大人びていて、外歩きは不向きなように、長く閉じこめられていた生活から、自然に出来あがった咲子の、ものおじした性癖を、直治は後天的なものと感じた。

「あなたも、今夜は、ここでお泊りになるでしょう」

仕舞風呂につかりながら、咲子は首をかしげて、直治の返事をうながしたが、もう、肚のなかは、きまっているらしかった。

歩いても、半時間たらずで帰れる場所に来ていて、まだ、起きている店から、支那そばを取りよせてもらったりして、ぬるい、つゆをすすったりした。

時々、夜更けの線路を、貨物列車が通るらしく、地震のような響きを感じたが、きのうまでの生活とちがった静けさに、咲子は、寝つかれない風であった。

煙草を寝床のなかでのみながら、遠くを見るような眼をしばたたいていた。

「あの人達、どうしているかしら」

直治は、それに答えなかったが、いっしょに働いていた女達の身の上を、咲子が考えているばかりとは思われなかった。

北原や耕や加納などのことが、直治の胸に来た。それは、あの場所にいた浮名の相手として考えるよりも、痛切に嫉妬をそそることであった。

共通のものとして考えるより仕方のない制約にいた浮名を愛するためには、ひとつの納得が必要であったのだと思うにつけ、今更に直治は身を売る女の心というものは並大抵のことではなかったのだと、もう、すでに働きかけている独占的な考えを、さらに咲子は、はげしく直治に感じるにちがいないと思わなければならなかった。

直治は家をあけることはあっても、関西の支社廻りなどの外は、ふた晩と続けて泊ることはなかった。

次の日に、その旅館からでて、すぐに会社に行き、帰りに寄ってみると自分の部屋に閉じこもっていたらしく、咲子は身をもてあましていた。

家に帰るとは言いだしかねるような不安に突きおとされている咲子を、直治は夜更けてから、連れだし、鰻をたべさせたりした。

咲子は、それまでにも、直治の娘の悠子や、しばらくはいっしょにいるような母の事を、聞き知っていた筈なのに、直治がうるさいと思うほど根掘り葉掘りした。

「あなたのお母さまは、酒やたばこをめしあがる?」

「どっちもだめだね」

「じゃあ、私もたばこをやめなくちゃあ」

咲子は吸いさしの煙草を、あわてて灰皿に擦りつけて消したりした。

直治は醬油のことを紫というような癖が、いつ、とれるかしらと考え、それまでは、安い下宿に住わせて、自分から通うのが、咲子の世界を作ることになろうかとも考えられてきた。

小母さんということで、家に遊びに来て、娘の悠子と、なれてから、いっしょに棲うのは、気持も自然に運ばれるにちがいない。

あの世界にいるときは、浮名の相手が幾人もいて、浮名の気持も、幾筋にも流れることがあったので、直治のことが段々に主流になったとしても、気をまぎらすこともできて、時折り現われることで、浮名は満足していたが、世のなかにでてみると、直治のことばかりがいっぱいに心に閊《つか》え、はぐらかすこともできなかった。新所帯をもった当座に当てはまるような、夜に日をつぐ夫婦の行いも、多くの客を相手にして長く暮してきた咲子には、もちろん、事務的で、機械のような操作とはちがってはいても、時間的には楽と思われたが、心を傾けた直治との交渉は惑溺に近いものになり、陽の光りに頭がくらくらとして、あたりが黄色く見えたりした。

会社にくる手紙などは、女の子の事務員にまかされており、机の上に、それぞれ配られるのだったが、直治の出社を待っていた葉書のなかに、見知らぬ字で書かれたものがあった。

文面には、浮名として勤めていたときに貸しになっていた洗濯ものの督促状であった。金高も少なく、直治のところに来れば、すぐに払うことができたのに、わざと封書にせずに会社あてに出されたのは、裏をかかれた楼主の肚いせと思われた。直治は咲子といっしょに象潟署の署長に会い、近くいっしょに暮す意志を明らかにして、礼を述べた上、咲子の身柄の引受人になっていた。

噂さをすることが好きな女の子の口から、やがて、賑かに会社のなかに拡がってゆくにちがいないと、直治は、いらいらした思いになった。

直治は家の方へも、その日は顔をだすつもりで、きつい感じを顔にあらわしながら、咲子の部屋をのぞくと、脚をなげだして、今、写真を破ったのを、近くの江戸川の流れに棄ててきたところとのことであった。

直治は、店先にかざってあった写真をみたことがなかった。

中身が抜かれたマットの上に夜のクインと墨で黒々と書かれてあった。

「これも破った方がいいよ」

と直治は注意をし、声をおとして、葉書のことを話した。

咲子は、まあと呆れたようにした。

「そんなの、みんな払ってある筈よ」

「しかし、こんな葉書が毎日来ては、こまるんだ。なんとか手をうたなければ」

洗濯屋は楼の近くにあるとのことなので、咲子をひとりで差しむけるのもどうかと思い、為替にくんで、すぐに送ることにした。

咲子は、そんな借金はないというのに、次の日にまた、食べ物屋や、小間物屋などから、葉書が社に来て、直治の耳にも、はっきりと社員たちの蔭口が伝ってくるので、自分から申出て、社をやめることに決めた。

僅かばかりでも退職金が懐にはいる筈であったが、次の新らしい仕事にありつくまでは、家庭の生活費だけでも、きりつめなければならなかった。

咲子を別に置くなどと考えていたのは、夢のように思われ、当分のあいだは失職する覚悟を決めると、傍らで母が不安な生活を見まもるだけでも辛かろうと、直治は社をやめたことは打ちあけずに、咲子を家に連れてくることを母に申し出た。

「その人はいくつかね?」

「二十四です」

「ちょっと若すぎやしない。悠子の母としては」

母は不安そうにした。

悠子は、直治から話すよりは、自分から説きましょうとちょっと改まって、他人のような口のきき方をするのも、直治には気になった。直治は四、五日家をあけていたので、母の機嫌もよい方ではなかった。

母は、咲子の素性などを、深く訊きただそうともしなかった。

直治が暗いものを背負っているように母にうけとれたにちがいなかった。

直治は、夕方までかかって、どこかでパーマネントをかけてきた咲子と、果物籠をさげたりして、自分の家についたとき、直治の母の厚い膝にまつわりつくようにして並んでいる悠子の、敵意と不安をごっちゃにしたような白ちゃけた眼にあい、ふと、怖れに近いものを感じた。

直治は言葉につまりながら、傍らを見ると、咲子は、ふたりにむかって、深く上体を畳に押しつけるようにして、お辞儀をしていた。黙ったままで、それが必死なものをあらわしている咲子の癖なのに、母は大きく眼を据えながら、睨むようにして見降していた。

咲子の小さな両手が、袖口からこぼれて、畳の上にそろえて置かれたまま、母のやさしい声を待っているようであった。

「もう、いいんだよ」

直治はとりなすように、そんな首筋に言ってやった。

「お嬢さま、こちらにいらっしゃいましな」

悠子は、ちらっと祖母を見上げて、もじもじしたままであった。そして、ぷいと飛ぶようにして、庭先にでた。

直治は、母に呼ばれて縁側に行くと、声を低くして、

「あの人は、ご飯をたけるのかえ」

と聞くのであったが、直治は軽く「できますとも」と返事をして、部屋の隅にいる咲子に、改めてたしかめてみた。

咲子は、家にはいってから、はじめて笑い、大きく頷くのだった。

その夜から咲子はすぐに台所にたった。


直治は社から休暇をとったことにして、母を芝居にさそったり、帰りの土産物をいっしょに町にでて選んだりした。

直治は、社を辞めたことは口に出しかねていたので、ただ、母の帰る日を早めるようなのが、咲子が来たためだと、直治にも対立的で、それまでは、あまりしっくりとしていなかった孫との交渉をあせって、とりもどそうとしているように、町からの帰りには悠子のおもちゃを買って帰ったりした。

「そんなにせきたてなくとも、私もおじいちゃんが待っているんだから、帰りますよ」

母は、ずけずけ言ったりしたが、直治は気が練れたように振舞って、とりあわなかった。

祖母は、買って来た土産のもののなかに、うずくまって、額に手をあてて、考え事にふけっているようなのに、咲子は、

「そんなにお急ぎにならなくとも、お宜しいでしょう。もっとごゆっくりなさいましな」

と、気をつかいながら、引きとめた。

「私は帰りたいから、帰るんです。これは私の息子の家ですからね。なにもあなたに指図をうける必要はありません」

母は突きかかるように言った。

直治は、

「何もそんなふうに言わなくてもいいでしょう。おばあちゃんも、どうかしていますよ」

「ええ、どうせ、私だけが変なのだから。あすは帰らせてもらいます」

考えると、悠子はかわいそうな子だと、膝の上にだきあげて涙を流したりして、ちょっと常規を逸した人のようであった。

どうなだめても駄目だと直治は考えて、汽車の時間を調べたり、切符を買うために、駅へ行った。

直治は、これからの咲子に襲いかかる自分の身内のものたちのおもわくも、母が示す以外のものではなさそうだと、やりきれない気持になった。

上野を朝の七時にたつのが、準急なので、それに間にあうように送るためには、朝早く家を出なければならないと考えながら帰ってくると、庭で、咲子が悠子といっしょに縄飛びをして遊んでいた。

悠子は右手に、咲子が左手に縄をもって、四つの脚をきれいにそろえて、蹴あげると、ぐるっと廻ってきた縄の輪が軽く大地に触れて、ふたりの頭の上を流れていた。

遠くの空は夕映えていた。

「お父さん、悠子、おばさんと縄飛びしているのよ」

声をはずませて、飛びつづけながら、咲子に言いかけているようにした。

直治は心に少し明りがさしてきたように感じながら、あるいは咲子が無理をしているのではないかと思ったりしたが、ちょっと汗ばんだ顔に、みじんの暗いかげもなかった。

「おばあちゃんは?」

何気なく、部屋にはいってゆくと、母は膝をおろして、縁側から、小さな獲物をねらう鷹のように、ふたりをじっと眺めていた。

翌朝早く、上野駅に直治は咲子といっしょに母を見送った。

母は、直治の妻の恵子が死んでから、じっと直治のところに居ついて、世話をしてきた。少し、白髪も増えたようなのが、直治のためのようにも思われた。

手を引いて、汽車にのせて、席をとり、荷物を網棚に直治がのせたりしているうち、咲子は作ってきた弁当を、母の傍に置いたり、窓をあけて、涼しい風を入れながら、そこは咲子が国に帰るときに、いつも乗る駅であったので、久し振りに旅に出たいと思ったりした。

フォームにたって、直治と咲子は、けたたましい発車を知せるベルを聞いていたが、母は横顔を、じっと見せたまま無言であった。

「おい、また、いらっしゃいと言ってごらん」

咲子は、あわてて、車のなかにはいり、母の傍で何か言ってから、すぐに降りて来たとき、もう、汽車はゆるやかに動きつつあった。

直治は、母の着く時間を知らせて、迎いを頼む電報を打とうと思いながら、すこし、足早になると、それに連れ添うようにして、咲子は追いすがりながら、

「また、いらしてと申しあげても、ひと言も返事をなさらなかったの。あんまりだわ」

とぷりぷりするのに、直治は、

「何、おふくろの奴、やいているのさ」

と苦いものを吐きだすように言って、軽く咲子の手を握った。

「悠子ちゃん。眼をさまして、こまっているかもしれないわ」

咲子は、学校の時間を気にしたりしていたが、帰宅すると、悠子は制服をきて、支度してあった食卓に向っていた。

祖母のいたときには、朝も、仲々起きようとしなかった悠子が、きりっとした姿で、箸を運んでいるのを、直治はいたましいように眺めた。

「はい」と、返事するのも、悠子の気が張りつめているためで、どんなことを祖母が孫に言い残して行ったものかと、直治は色々に想像した。

ふたりだけの朝の食事を終えると、咲子は、ほっとしたようにお茶をいれたりした。

まだ敷き放しの寝床の中へ、咲子はもぐりこむと、

「あなたもお疲れでしょう。ねえ、ここに来て」

自分の体をかたよせながら、直治を迎いいれるように、薄い夏掛をめくった。

直治の胸に咲子は顔を埋めると、むっとするような体臭にむせた。

水曜の検査場へゆく朝には、遣手に楼の妓たちは下見をして貰うのだった。悪い病気になって、吉原病院にはいった女達がいるのに、咲子は長い勤めのあいだも、ついにそんな浮目を見たことはなかった。

咲子は、相手をすばやく観察して、裏をかえすまでは、事務的に予防したが、決ったなじみとのあいだでは、ほとんど大胆に振舞っていた。

咲子は子宮の口が小さい方だと、検黴《けんばい》の医者から、天井から垂れさがった幕をとおして言われたことがあった。骨盤も普通よりは狭隘《きょうあい》で、もし、子供を産むことがあっても、重いらしかった。

「君のようなのは罹病率が少ないのだ」

咲子をテスト・ケェスにいれているような医者の口吻をききながら、あらわれた下肢をまかせきった慣れた姿で、厚く化粧をした肌のような粉っぽい天井をながめていた。

娼婦は、体だけが資本なので、検査日には、ちょっとの傷も気になるのだったが、沢山の人数を対象とする検黴医の眼をごまかす程度の、応急処置は、遣手がとってくれるので、時々は血液を調べてもらうために、一葉の碑が入口に建っている藤田という婦人科の医師を訪ねたりしたが、四季の移りにつれた陽気の加減で、プラス一程度の反応を示すだけで、そんな徴候があらわれると、咲子は根気よく注射を打つために通った。

そんな支払は、大抵の場合に、耕という男がだしてくれた。

注射をすると、いつも頭が澄みかえり、鏡に見る顔もすっきりして、たしかに血の濁りが洗いさられるようで、爽かに思えた。

色々の男の血が体内に流れると、子供が産れないと聞いていたし、月々のものも乱れ勝ちなので、直治といっしょになっても、自分の腹に子供ができるとは、どうしても咲子には考えられなかった。

咲子は喜びも怒りも、はげしい形で表現した。どこかに置き忘れたように、しっとりと落ちついた情感はなかった。咲子は自分の気持のなかは、からっと晴れていて、じめじめしたものがないのを、天成のものと思っていたし、あの世界では相手に持てはやされる原因になっていたが、世の中を普通の人達といっしょに生きてゆくためには、じっくりとした感情の抑えが必要なのであろうとおもったりした。しっとりとした落ちつきが、家庭の婦人の振舞から感じとられるのは、どこかに根強く流れている家の伝統が、妻というものの位置を絶えず押しつけていたので、重い哀しみに変ってしまったように思われた。

遊びの場所に顔をだす男達が、立派な妻をもっていて、咲子のような女にひかれるものがあったら、自分の思うままに振舞うことができる舞台で踊っていたからにちがいなかった。もちろん、それは感情だけのことで、経済的な重い鎖が、咲子の体をぐるぐる縛りつけていた。

襖だけで仕切られた、二つか三つの部屋のなかに住んでいて、眼ざとい年寄や、物心のついた子供に気を配りながら、床をつけることなどは、咲子にはとてもできないことであったので、よくも日本の女達は、昔から耐えしのんで来たものだとあわれに思われた。

咲子は、ほてった腕を投げだして、薄切れした畳の表を爪で掻きむしりながら、横顔だけを見せて、別れて行った、直治の母の渋面を、ちらっと思いだし、あんな女にはなりたくないと、うずくような陶酔に身をまかせて、はげしく呻めいた。

汗ばんだ首筋や胸元を拭いて、うっすらと眼をつぶっている咲子の耳許へ、

「とにかく、ひとつ床に寝るのは、悠子のためにもよくない。今晩からどうしようかな」

直治はぼそぼそとした声で分別くさく言ったりして、すぐに、はげしく鼾をあげていた。

御用聞に声をかけられたりしたが、しばらく薄い眠りをうつらうつら愉んでいた咲子は、起きあがると、音をたてないように気をくばりながら、部屋のなかを取りかたづけた。

思うようには体のきかなくなった直治の母が、おっつけるようにしていた家のなかは、ほこりにまみれ、天井から蜘蛛の巣などがさがったりして、荒れ果てていた。

癇性の咲子は、病的に近いきれい好きで、廊下なども、顔が映るように、ぴかぴかと磨きあげてみせると、妙な張りあいを感じて眺めていると、悠子が只今といって帰ってきた。

玄関先の折釘にランドセルをかけると、

「ああ、お腹がすいた。おばさん、何か食べさせて」

と、ねだった。子供を産んだこともなく、どのようにあつかえばいいのか咲子にはわからなかったが、充分に食物を与えることで手なずけようと考えて、帯のあいだに財布を押しこむと、いっしょに通りに行くことにした。

「悠子ちゃんの好きなもの。なんでも買ってあげるわ」

「そう」

小学二年になった悠子は、小柄でやせほそっていた。

「うん」

と返事をして、咲子がそろえた靴をはくと、手をつなぎながら、悠子は腺病質な子にありがちな赤ちゃけた髪を、涼風になぶらせて、飛ぶようについてきた。

すぐ近くの八幡神社を抜けるのが近道だと言う悠子の案内で、いっしょに鰐口を振って、お詣りをした。

「ここがお神楽殿なのよ、お祭りには、ここで変てこな踊りをやるのよ」

「そう。そのときは、いっしょにまいりましょうね」

松の樹にとりかこまれた静かな境内は、子供の遊び場でもあったので、悠子の友達もいるらしく、咲子と連れだった姿を遠くから眺めていたりした。

「おばさんは、どうして家に来たの。いつから、お父さんを知っていたの。いつまでも家にいるの」

たたみかけるように聞きながら、咲子の胸許を押えて、仕様がないので笑っている咲子をぐいぐいと神楽殿の腰板へおしつけてきた。

「悠子ちゃんさえよかったら、いつまでもいるわ」

追いつめてくる悠子の眼をはずして、咲子が答えると、そう、と考えるように悠子は小さい顔をおとした。

「どうして、お父さんを知っていたの。いつから、お父さんを知っていたの」

「そうね、ずつと昔からなのよ。私は体が弱かったのよ。それをお父さんが助けてくださったの」

「ふん。じゃあ、悠子のお母さんが生きていたときから」

「そうよ」

悠子は小さい頰を、両手でおさえて、じっと地面を眺めていたが、すっと血の気がひいてゆき、わっとさけんで、咲子を置きざりにして、走り去った。

「悠子ちゃん。だめよ。悠子ちゃん」

咲子は喚び続けて、あとを追いながら、しまったことをしたと思った。

自分が病気で世話になったといえば、母に死なれた悠子は、すぐにそうなのと納得してくれるだろうと咄嗟に考えて、咲子が答えたのだった。

直治は帰りが遅く、床のなかで、熱に浮かされながら、帰宅を待っていた母の姿を、小さいながらも悠子は、あわれな思い出として、胸にたたんでいた。

あのときに、おばさんのところにいて、家を忘れていたにちがいないと悠子が考えたのは、あんな世界に育った咲子は、男に向う態度もあけすけであったので、直治の母の眼には、かなりの長い時間の交渉がひそかにふたりのあいだにあったのだとの邪推がすぐにぴんときて、置いてゆく孫の悠子をふびんに思い、悠子の頰に自分の顔を圧しつけながら、

「お前のお母さんが、あんなに苦しんでいたときも、お父さんは、あの女のところで遊んでいたのだよ」

と散々に泣きわめいた。悠子の母が生きていたときに、直治の妻の病気を案じてはいたが、息子の重い荷厄介になっているというように、邪険に振舞ったこともあったが、そんな祖母のことを悠子はもちろん知らなかった。あるいは祖母もたかぶった感情から無意識にでてくることなので、自分にも気附かないことかもしれない。

四十を過ぎてから、軽度の中風で倒れ、長く床に寝つきがちな夫への不満が、直治への溺愛となり、直治のいちばん近くにいるものは、母の気附かぬ嫉妬に、いつも悩まされなければならなかった。

お母さんを殺したのは、あいつだと思いこんでしまったらしい悠子の小さな肩の尖りが、咲子の足では、すぐにとどけるところに見えながら、走り距たろうとしていた。

咲子は、もう、あきらめたように、追いかけるのをやめると、あふれる涙を指でおさえていた。

赤や白や青の塗りのはげた仁王が、金網を着て、はめこまれた楼門の傍らに、咲子がしゃが

むと、すぐ眼の前に露草が咲き敷いて風に吹かれて揺れ動いていた。

あふれた涙が、レンズの作用をして、露草の濃い青が、大きく拡がってぼけた。そこは砂地であったので、咲子がそろえた指をぐいとさしこむと、根といっしょに採ることができた。咲子は、これから生きてゆこうとしている庭の隅に、そっと、植えて置こうと思った。

悠子は、自分の家だから、すぐに戻ってくるであろう。何かおやつでも買って帰ろうと、咲子は町筋へ足をむけたが、げっそりと心をもってゆかれてしまったような、うつろなものが、体のどこかにできたように、頼りなげであった。

咲子は心の姿をととのえてから、一度だけ、足を踏みかえると、しゃんとした足どりになり、新らしい道を歩きだそうとしたが、重い不安がすぐに行手をとざしているような抵抗を感じた。

あの人は、お前といっしょに新らしい世の中にでてひと苦労するために、会社を辞めたと言った。そして、十年の長い勤めを、無駄にしてしまった。そう告げたのは、自分に対する、いたわりかもしれなかった。身請けのときに無理に作った金がたたったのかもしれない。あるいは、楼主が誰かを直治の仕事場に差しむけて、いやがらせをしたのかもしれない。

あの人は男なので、聞いても決して答えては呉れないだろう。

咲子は自分に恥じない女になろうと心に決めて、初めて見る、新らしい町の、人混みのなかに呑まれて行った。

咲子が直治の許に住みついて間もない暮れ方、北原が訪ねてきた。北原の声がしたときに、咲子は、すぐに玄関まで飛んで出て、突っ掛け下駄のまま、

「ここはあなたの来るところではない筈よ」

両手をひろげるようにして、門の近くまで、すすんで行った。

白い麻のハンティングをかぶった北原は、そんな咲子に追いつめられながら、蔓のからんだ門柱に倚りかかったまま、

「そうか。お前は、今、しあわせなんだな」

北原は、薄い単衣の着物の線で截られている咲子の体を、調べるように眺め廻した。いつか、北原が作ってくれた上布を、そのとき、汗のために着換えていたのを、よかったと思うほどの執拗さで、咲子は自分の体がむきだしにされてゆくような不快を感じた。

「ええ、とても、しあわせよ」

咲子は軽く目眩を感じながら、冷たく答え、お前なんて言えた義理ですかと突っぱなすように言った。

「俺は、北海道に行くつもりだ。こんなお前になっていないかもしれないと思ったりして、ちょっと寄ってみる気になったんだ。人間って、自分に似せて考えるものなんだな」

咲子は、廓の中まで、子供を連れて、どうしても別れてほしいと言いに来た北原の妻の、所帯やつれした姿を思い浮かべ、家におさまって、愉しい家庭を作りなさいと言ってやるつもり

であったが、遠いところに行かねばならなくなって、自分のところを覗きに来た北原の、これからの生き方が、ほぼ、わかるような気もした。

身許引受人になっている直治の住所は、楼主も知っていて、北原に教えたにちがいない。咲子は、北原と二度と逢わないためにも、また、自分に思いをのこさせないためにも、無駄な、優しい言葉をかけてはならないのだと、黙って口許に力をいれていた。

「じゃあ」

北原は、咲子の手を求めたが、じっとしたまま、眼をそらした。垣の外に斜めに立っている外燈に、そのとき白く灯がはいった。北原は意味のない笑いを浮べて、暮れかかった路地へ消えてゆく。咲子は、北原が角をまがるまで、やはり見送っていた。遠い水色の空を蝙蝠がとんでいた。北原が見えなくなってすぐに、急ぎ足で直治が帰って来た。

咲子は、自分の方から歩きだしながら、

「すぐそこで誰かに、逢ったでしょう」

「さあ気がつかなかった」

直治は、自分の帰りを待って、そこに咲子がいたと決めているらしかった。

まっすぐに直治の顔をのぞきながら、

「北原が来たのよ」

「そうだったのか」

直治は振り返るようにして、よく此処にいるとわかったものだなと意地悪く言った。

「あそこで、聞いたらしいのよ」

「なんだって、来たのかなあ」

「どこか、遠くに行くんだって。なんなら、連れて行こうとも思って、来たらしいんだわ。ばかね」

直治は、咲子に鞄を渡して、さあ、家にはいろうとうながした。

直治は、客間に気をくばったらしかった。灰皿から煙草のけむりがたっていた。

「あがったのか」

ちょっと、言葉がとげとげしていた。

「いいえ、それ、私の喫みさしよ」

咲子は、口紅で染っているのを、直治の胸許へ突きつけた。

咲子は、悠子と三人で暮しながら、自分の許に通っていた頃の直治と、どこか、ちがったものがあると思えてならなかった。

直治から出てくる光りが、どこかで悠子にさえぎられて、そのまま自分のところに届かないようなもどかしさを感じた。

神経が疲れて、いらいらした。あんなに小さな悠子を、咲子は女の芽のように考えているらしかった。子供を産んだこともなく、また、育てたこともなかったので、悠子の甘えも子供のものとして、受けとることができなかった。

悠子は、ある期間を直治の手で育てられたとも言えるので、癖のように帰ってきた直治の体にまつわりついた。お父さん、お父さんと鼻にかかった声をあげて、直治の胸をぴたぴたたたいたりするのを、咲子は、何か不潔なもののように感じて、眼をそらしたりした。

直治は、散歩がてら、市川の縁日に行こうと、悠子にさそわれてから、咲子に声をかけた。

ほそい手に、大きな団扇をもって、悠子は、秋の七草の、メリンスの単衣をきていた。

「涼しそうだわ」

子供簞笥から、自分で見立てて、悠子は黄色い三尺を、直治に結ばせていた。

その頃は、田植の草採りにいそがしい折で、咲子は、悠子の年頃には、学校を休んで、背中に小さい妹をくくりつけて、働かなければならなかった。

遠い山田への道を、午近くには、麦湯のはいった大きな薬缶をさげて、運んだりした。

仮名も満足に書くことができないような育ち方をした咲子の、いたいたしかった過去を、親たちの、小言よりも先きに手が伸びた、暗い記憶といっしょに甦らせていた。

馬とひとつ棟に寝た咲子は、貧農の娘で、自分の仲間の、三人のうちのひとりは、年頃になれば、町に売られて行ったことを見知っていて、こんな、ふやけた育ち方では、悠子は、きっと不幸になると思った。そう思うよりは、もう過ぎさった子供時代には、少しの救いもなかった。

直治は、

「そろそろ出掛けよう」

と、声をかけた。咲子は、夕食の後片附で、台所に立っていた。

咲子は、水道の栓をひらいて、水を流しながら、冷たい涙が頬を伝わるのを意識した。

咲子は、遠い昔にはやった流行歌をうたいながら、赤い裂《き》れでしばった髪を、日向にでれば、うようよと虱がさわぎ廻った頃を思いだしていた。

「すみません。きょうは疲れているんです。どうぞ、おふたりだけで、いらしてください」

あとは直治がなにを言うのか、聞えないほどに水音をさせて、食器を洗いつづけた。

「ああ、せいせいした」

食器を戸棚にしまいながら、どの部屋にもつきっぱなしの電燈を眺めていると、急にうつろな思いになった。

咲子は、坐ったまま、めくるように割烹着をはずすと、外へ出た。直治と悠子のあとを追いかけてみる気であった。しかし、すぐに、ふいと道をもどりかけて、国道沿いのショーウィンドウを、当てもなくのぞきこんでいた。

咲子が疲れて戻って来ると、縁日で買ったらしく、軒下で涼しい風鈴の音がした。

もう、帰っていると、咲子は、勝手口からはいり、そこで口をすすいでから、ごくごく音をたてて水をのんだ。手が魚の皿を洗ったせいか生ぐさかった。咲子は石鹸をつけて、癇性に洗いながら、また、病気がはじまったと思った。

少しの匂いが気になったり、渇きを感ずると、咲子はいつもヒステリイ状態になっていた。いつも、それでしくじっていたが、廓にいるときは、他の客にそのはけ口をみつけていたので、直治には、そんなところをあまり見せずにすますことができた。

いつか、電燈を火箸で、思いっきり、なぐりつけ、こなごなにしたところへ直治が来たことがあって、それを始末するあいだ、引附けで待たしたことがあった。

咲子はそんな発作に襲われると、自分の眼の前にある安定したもの、平和なものを、じっと、そのままにしてはおられない、烈しい衝動の虜になるのだったが、それを実行したのちには、二日酔に似た、がっくりと体に喰い入るような虚脱感を感じるのだった。

寒けだって、おびえた顔を、人前にさらすのがたまらなく、寝具をかぶって寝るのだったが、きまって脚が冷え、頭に、なにかかぶったような重くるしさを認めた。そして、唇が、ひっつるようにふるえた。

客のひとりが、長いあいだ白人に征服された南方民族の中で、平生は、おだやかな性質なのに、突然狂って人を殺す発作があると言い、それは長いあいだ、自由をうばわれた祖先の血の流れが、外界には無関係に荒びるらしいと説明したが、咲子の場合は、東北の貧農と言う長い生活の重圧のためなのか、或いは、はじめての客に、処女を捧げたのが強姦に等しいと感じたせいなのか、はっきりしなかったが、年が若く、言わば未成年者で荒浜で身を売るようになった咲子は、体の育ちも幼なくて、性的な交渉を行うことができなかったので、子宮鏡を挿入して、無理に道をつけて貰ったのだった。だから、咲子はいつとはなしに、自分に処女を失わせたのは、男ではなく、意志も感情もない、ぴかぴか光った医療機械と思うことにして、侘しさのつきまとう慰めとしていた。

咲子は猫足になって、しずかに障子をあけて、部屋にはいると、鏡台をのぞきこんだ、どこかの弱みを突きやぶって、外部に形をとろうとするヒステリーを押えるためには、そんな行動の静けさを必要とした。青く、くろずんだ咲子の顔を、光りを失った自分の眼が、鏡のなかで捉えた。雨に濡れて、無い餌を地面を趾で蹴ちらして、探し求めている鶏のような無慚なものが、体からあらわれていた。咲子は、悪い病気がはじまったと心の中で繰りかえしながら、つまらない自己暗示にかかってはならないと、内面で闘っていた。

自分で寝床を敷き、悠子を眠らせ、枕に頭をつけていた直治が、ふっと首をあげて、咲子の、そんなうしろ姿をみつめていた。

直治の心を、夕方来たという北原の姿がよぎった。

どこかで北原と逢って来やがったんだ。吸いあった唇をすすぎ、どこをいじったかしれない手を石鹼で洗って、この俺を、だまそうとしているんだなと直治は思った。

直治が、それまで思ってもみなかった女郎と言う言葉が、いきなりいきいきと浮んできた。

俺は、よく、人にだまされる男だ。しかし、だまそうとしているのを知りながら、だまされるほどのお人好しではないぞ、と眼をつぶったまま直治は考えていた。

投げだされた人形のように、悠子は眠っていた。風邪をひくかもしれないと思いながら、咲子は夜着をかけてやる気はしなかった。寝冷えをするかもしれないと思うほど、そうしてやるのが嫌になった。咲子は、いじわるく、もう、一度、悠子の寝姿をながめてから、相の襖をしめた。軒先きを、ひとわたり、風が吹き通るらしく、風鈴の音が、かすかに聞えた。背バンドをつけた麻の服をきた北原の姿が思い浮んだ。いつか、咲子もいっしょに見立てた服であった。麻の服は皺になるので替えズボンもあつらえたりした。そんな事も咲子は思いだすのだった。たった、ひとりの男に、すぐに心が傾いてしまうのが、女というものだろうかと物足りない気にもなるのだったが、別れた北原に気がひかれるでもなかった。

直治は、仰向きに寝ていた。咲子は、どこか、堅い感じから、まだ、起きていると感じたが、だまっていた。直治と言う父親が、そこにいるだけで、夫としての直治なんか、どこにもいやしないのだと、咲子は、意地になっていた。

直治は、北原が遠くに行ったのは嘘だと思った。遠くにゆくために別れに来たのなら、知らずに過ぎさった直治に、わざわざ告げることもなかったろう。

ときどきは呼びにきて、うちあわせては、どこかで逢うにちがいないのだ。

しかし、あのときの咲子の表情には、暗いかげは、すこしもなかったと直治は思わなければならなかった。すると、嘘と嘘との世界という、あの廓をうたった言葉が、しみるように思い拡ってきた。

素直に自分の考えを、そのまま、ぶっつけることに慣れない性質の直治は、粗々しく咲子を自分の床に引きいれていた。みじんの愛情もない、ただ、お互いを、いじめぬくような行為のなかで、

「おい、いままでの男のなかで、いちばん良かった相手は誰だ」

上からかぶさるように、直治は咲子をのぞきこみながら、救いのない声で言った。

咲子は、自分の耳をうたがっているようであったが、体をねじて、脱れようとしながら、はげしく胸を波だたせて、あんまりです、あんまりですと叫びながら、狂ったように泣きわめいた。

「てめえの娘が、かあいいだけじゃあないか。咲子なんか、どうでもいいんだろ、だましやがったな。女房にするなんて、籍をいれようともしないじゃないか」

がらっと変った高い声で、咲子はどなりながら、寝床の上に坐り直した。咲子が、いつか、伊達巻の、最後にはさんだ止め方が、素人衆とはちがっているんですと言ったことがあったと、直治が、ふと思ったほど、きりっと、喰いこんだ胴がしぼんで、胸のあたりが、白くあらわれて、あえいでいた。脚のみだれを直しながら、胸許をあわせようとして、咲子が寝巻の裾を力ずくに引っぱると、ぴいっと破れちぎれた。白地に紺で、朝顔の花が描かれた浴衣地は、痙攣する咲子の指先の動きにつれて、ずたずたに引き裂かれて、黒く粗い毛のかたまりが、のぞかれた。顔の肌は、寒けだって、土色であった。唇のあたりが、ひくひく動き、瞳は釣りあげら

れていた。

「悠子のあま、あん畜生」

咲子は、吠えるように叫び、それが遠くまで、ひっそりした夜更けの住宅地を突きぬけて行った。直治は、お互いが喰いちがった嫉妬のなかにいるのを、たしかめながら、北原は、遠くに去ったのだと思った。

悠子は、咲子が来てからすぐに、

「もうお母さんは、死んでしまったんだから、この世にお母さんはいないと、お父さんはたしかに言ったでしょう。あの、おばさんは何なの、そして、なんて呼べばいいの」

しつこく、からみながら、子供ではない考えを直治に言うのだった。母のない子供だからかもしれなかった。直治は、ただ、おばさんって言えばいいんだよ。それでいいんだよと言い訳に等しいような答え方をして、そんな悠子をなだめすかしながら、家の垣根を幾度も廻りながら、やっと説きふせたのであったが、悠子は、もう、おばさんと咲子のことを呼ばなくなっていた。たくみに、小母さんと言う言葉をはずして、用をたすようになっていた。悠子は騒ぎに眼をさまして、咲子の狂声を聞いたらしく、それからは、おずおずとした言葉遣いになり、憂鬱そうな眼を遠くから直治にそそいでいたりした。

どこか近くの子供を借りてきて、あなたは同じ年頃のお子さんをなくしたんですかと訊かれて、咲子は顔をあからめることなどもあったが、目をあけていられないほど、やわらかい頰にしゃぶりついたり、夢中でがらがらを振り廻して泣かせたり、そのうちに、ぽいと畳の上になげだしてしまうような狂態も、やはり、人並みに子供がほしいからであった。

いっしょに働いていた直子という女が、新橋裏の染物屋に身請けされて、楼にいるときにも、よく註文をとりにきたりしたが、かなり地味なものを、持ちだしたつもりでも、世の中に出ると、どこか、けばけばしく、また縞柄には、思い出したくない記憶もしみついていたので、大方、染め替えに咲子は出していたが、あるとき直治に、咲子は拇指と人差指で、まるい輪を作りながら、

「腐ったところを採り去ると、これぐらいより、いいところが無いんですって。それを縫いあわせて、どうしても子供を産むんだと言っているのよ、直ちゃんは。どうせ、だめにきまってるじゃあないのね。ただ医者に金をしぼられるだけなのに」

傷口が癒着しさえすれば、胎児の成長につれて、子宮も自然に大きくなるのだそうで、直子は、その手術に近くかかるらしいと、息をはずませながら、告げるのだった。

咲子は、そんな直子を笑っていたが、いつか、直治が逢った、色白な、眼鼻が、ばらばらに置かれた人の好い直子の、そんな無駄に近い願望は、素直に受けとれた。

「ほしいんだろう。とにかく、いちかばちか、やってみるのもいいさ」

直治は、答えながら、悠子のためには、やはり咲子に子供がないのをのぞんでいる自分を意

識しないわけにはいかなかった。

咲子は、そんな直子に連れられて、その医師の診察を受けてきたのだった。

輸卵管が、長い間の洗滌などで癒着してしまっているので、妊娠は不可能だと宣告された。

それまで不順であった月経も、直治と、いっしょに暮すようになってから、正常になっていた。

「月のものも、きちん、きちんとあるんです。直ちゃんとちがって、子宮などもしっかりしている筈よ。それでも駄目なんでしょうか」

事もなげに咲子はあまえかかって、金縁の眼鏡の奥に、おだやかな、優しみをたたえた老博士に、頼んで、散々手こずらせた。

「医者なんて、たいしたもんじゃあないのね」

人体図を拡げて、咲子にていねいに説明しながら、

「ここで育った卵が、そこに移るごく細い通路が、塞がれているんですからね。御気の毒ですが、どうにもならないのです」

傍らにいて、自信ありげに、笑っている直子の手術が、きっと不成功になるといいと心から憎まずにはおられなかった。

「あなたには、悠子ちゃんがいるじゃあないの。義理の方が、かえって、のちのちのためになるものよ」

「それはそうだけどさ」

診療所は、ビルの二階にあった。咲子は、ラッパを力いっぱいに吹くような口をした。耳の附根まで、じんとひびくほど頰をふくらましていた。そのように空気を吹き込めば、輸卵管が癒着しているのが、けわけわと離れて、道がつくのではないかと思っていた。

大きく硝子のはまった窓の金文字をすかして、トラックやタクシイなどが体をゆすぶって往き来していた。

咲子は、疲れたがたぴしな自動車と自分の体を思い比べながら、しみじみ子供を産みたいと思った。

咲子は、悠子が学校から帰るのを待ちかねていたように、美しく飾りたてて、いっしょに近所へ遊びに行ったり、映画館にはいったりしたが、それも二、三日のことで続かなかった。なにをするのも、いやになったように、雨戸をくって、昼の陽をさけながら、どこかで手に入れてきた睡眠剤をたよりに、不貞寝をするのだった。

咲子は、ほんとうに自分が求めていたのは、なんだったのだろうと思った。

自分の意志で、かっきりと判断したように生きてゆく自由を求めていた筈であった。

その願いは、ほぼ、遂げたと思われる現在の暮し方で、直治は、咲子を墓場まで連れてゆくような、ひたむきなものを感じさせた。直治は咲子を、自分にかけがいのないものと思っているのか、あるいは、自分がやったことに対する意地で、どうしても、咲子を離すまいとしているのか、咲子は考えてゆけば、わからなくなるのであったが、色々と心をくだきながら、世の中に出てからの成長をたのしんでいるとは、信じることができた。

悠子に自然な気持がわいて、母と思うようになったら、戸籍に入れると直治は、咲子に言うのだったが、悠子が、いつまでも咲子を母と思う日がないように絶望的に考えられた。

咲子は、長いあいだ、悠子に自分の愛をそそぎかけ、お互いのあいだに、心が通じあうのを、ねがわないわけではなかったけれども、悠子の、咲子を反撥する、かたくななものが感じられて、ええ、どうにでもなれと、それまで積みあげていた好意を、がらがらと崩した。咲子は、気持を大人にしたつもりでも、許しがたいと思うような、悠子の反抗を受けなければならなかったし、よく考えれば、咲子が、自然に悠子を可憐がっているでもなかった。

籍を入れれば、どんなに我慢しても、悠子の面倒は見ますと言う咲子に、直治は、悠子をかわいがるようになったら、すぐにでも籍をいれると言い張るのだった。

「自分としては、お前をそんなこととは関係なく、大事なものとしているんだよ。それでいいじゃあないか。たしかに、ほんとうの母親とちがっているんだ。俺が見ていないところで、よく悠子に手あらいことをするそうではないか」

「ほんとうの親でないのは、当然なことでしょう。そして、あなたの子らくしない、こまっちゃくれたところがあるんですよ。憎くらしいったら、ありゃしない。ほんとうの親だって、目にあまれば、ぶちもするものよ」

地味にやれば、どうやら一年は持つかもしれないと思われた直治の退職金も、半年たらずで使ってしまい、会社にいるときに知りあった軍部や官界への顔を利用することで、生活費を得るようになったが、支那事変が拡大されるにしたがって、統制が強化されてゆき、事業を有利に運ぶためには、直治のような立場にあったものを必要とする空気が、強まってきていた。

直治は地方の小都会などにも、仕事のために出張する事が多くなり、屢々家をあけることもあって、そんなときに悠子が咲子にいじめられたりするのではないかと、ちょっと不安になることもあったが、直治がいない方がお互いに気持をゆずりあうものか、ほんとうの母娘のような親しさで、いっしょに駅に迎いに出ていたりした。

食糧の配給制度が決って、通帳が新しく作られたときに、内縁関係でないように、隣組長が取りあつかったが、咲子が、ことさら頼み込んだのではなく、そう思いとったためであった。

咲子の年齢を聞いて、

「そんなにお若いのですか」

「ええ、私はあとでまいりましたから」

もんぺをはいた咲子は、ここに来たときからみれば、見ちがえるほどにふけこんでいた。直治の年にひきずられて、そうなったとも言えたが、化粧なども怠り勝ちになり、無雑作に髪を櫛にまきつけて、色のあるものを身につけなかった。そんな咲子のどこかに、土の匂いのするような野趣があった。

接客業者なども工場に徴用でかりたてられたりして、人妻には、そんな事がなかったので、やはり、直治の許に来ていて、よかったと思ったりしたが、お妾などの、いわゆる二号階級などは、人のにくしみをかって、徴用されたりする噂をきくにつけ、自分の位置は、直治の情婦にすぎないのでなかろうかと悩んだりしたが、心の張りを失ってしまった咲子は、大東亜戦争に拡がってゆく銃後の生活に、疲れた体を引きずるようにして、防空や買出しなどと、落ちつきのない夜昼を送り迎えていた。そして、それが咲子だけではなかった。

咲子は、いつも悠子のことで、夫の直治と争うのだが、その揚句に闇の切符などを手に入れて、兄弟たちが出征して、病父と女手ばかりの田舎に帰ったりしたが、もう住みよい場所ではなかった。

米の移動はうるさかったので、餅をつかせたりしたのを持って、空襲がはげしくなろうとしている都会にまた帰って来るのだった。咲子は、やはり自分の住むところは、直治との家以外にはないのだと思うのだった。

戦争がはげしくなり、徴用もはげしくなったので、直治は南方の宣撫工作の要員になるために、合宿して訓練を受けるようになった。

直治は、自分をめぐって、いつも争いの絶えない家庭を棄ててしまうつもりであった。留守宅にも生活費がでるので、かえって自分がいない方が、悠子との感情のわだかまりがとれてしまうような気がした。

高田馬場で私線にのりかえて、四、五十分離れた松林の中に合宿所があり、時を得た右翼系の人達が講師になっていた。

直治は、セレベスに行くつもりで、初歩のインドネシア語などを教わっていたが、そこには、日本人好みの、美しい女がいると言うことが魅力であった。そのような気持のなかには、将来、メナドあたりの女といっしょになって、愉しい家庭生活を持ちたいと言う夢がかくされていないわけではなかった。

そこでは半年近くの実習が行われる筈であったが、原地にゆくまでは、徴兵を脱れることができなかったので、兵隊にとられてゆく者もあった。そのうちに階段に帯をかけて、首を吊って死ぬ同僚もでたりしたが、そこにも家庭の暗い悩みが、かくされているらしかった。

土曜日から日曜にかけて、直治は帰宅するのであったが、咲子は、やがて直治が南方にゆくのを機会に、悠子を親戚に渡して、これまでの家庭生活を清算して、田舎で暮そうと決心した。直治が原地に行けば、悠子と別れても、充分に食べてゆかれる留守宅手当が支給されることになっていた。それを手切れ金に当てるつもりであった。

咲子が、直治の親戚に嫌いぬかれていると思っていたので、何か証文のようなものを出発する前に渡して置いてほしいと言った。

直治は素直に咲子の言うような条件で、将来たちゆくような事柄を箇条書にして書いてから、

「これでいいのか」

と訊ねた。咲子は、庭をつぶした菜園からトマトなどをもぎとってきて直治にすすめながら、

「ええ、結構です」

と答えながら、体のなかを寒けがはしるほど感動していた。お互いに他人になってしまうことは、決してうれしいことではなかった。何か異常な、夫婦が別れると言う出来事が、戦争という、だるいような日常生活に、変化をあたえたためらしかった。

子供のない夫婦というものは、ふたりのあいだをせきとめる、何の力もないのかと心さびしかった。

「暮すに必要なものはもって行けばいい」

「でも、この輸送難ではね。それに、別に何もほしくないの」

「お前のことを知っているのとちがって、今度の人は、くるしまなくてすむよ。やはり、頭ではのみこんでいても、気持ではぬけきれないんだな。あんなところにいたなどとは決して言わない方がいいぜ」

直治は置いてゆく悠子をかばうために、咲子と別れようとしていたのだが、口に出して、それが本心のようにも思われた。

「そんなに苦しめた？　適応性って言うのかしら。女なんて、すぐに今の男の人だけで、いっぱいになって、過ぎたことは、みな忘れてしまうものよ。しかし、もうこりごりしたわ」

咲子は両手をひろげて、伸びをしながら、

「もう、あなただけで充分よ。静かでも、随分残酷な別れ方だわ」

「子供のない人のところに行くんだね。物わかりのよい、ねれた男のところに行くんだな。そうすれば、きっと、しあわせだよ」

「まるで再婚をけしかけているみたいね」

「お前は、とてもひとりではもたない女なんだよ。強がっていても、寂しがり屋だからね」

「そうかしら」

咲子は、直治を、いつまでも待っている気であった。

印を押した証書をもんぺのかくしに入れてから、

「トマトのあとに、なにを植えようかしら」

その頃は、もう、別れていて居ない筈の咲子が、無心につぶやいていた。

直治たちの南方に行ってからの仕事は、移動映写機をもった技師を連れて、村から村へ旅を重ねながら、親日派を作りあげるのが目的であった。子供を集めて見せる紙芝居の台本を作ることや、病人に与える薬なども携行する筈であった。

日本映画配給会社の南方の総社がマニラにあって、そこまでは飛行機の便なので、途中仏印に寄り、そこは物資が安く、雑貨が豊富なので、内地からわざわざ身の廻りのものを持ってゆく必要がないとのことであった。

大東亜省に旅券下附の申請がすんでおり、出発の時期もせまっていた。訓練中に兵隊にとられてしまうのを防ぐためにも、会社ではあせっていた。

「そのうちに向うのものを、ことづけてよこすよ。なにがいいかな」

直治は、当てもないことを言っていた。

「悠子は、人形がいいわ」

吊られた同じ蚊帳のなかで、悠子は、考えながら答えた。こうして、いっしょに寝るのも、最後かもしれないと直治は考えていた。

「いつも、こうは、できなかったものかなあ」

咲子の方に、直治は冗談らしく言葉をかけた。

「とても、できませんね。女が人を愛するということは、なまやさしいことではないんです。誰にも、わたしてたまるもんかって事なんですもの」

咲子はにが笑いしながら、そうでしょうと駄目をおすようにした。直治は咲子と悠子のはげしい気持の争いを、身にしみて知っていたので、そういうものかなあと、はぐらかすように言った。

直治は、マニラからセレベスに渡るには、飛行機になるか船なのか、はっきりしないと言い、南方の風俗や風土などの知識を、自分が見てきたように説明して、気分をまぎらしていた。

「もう、仕事が終えて、帰ってきたようじゃあないの」

咲子は遠い日を心に描いていた。

ひとわたり予防注射も済んで、今日か、あすかと出発の日を待っていたときに、直治の許に電報がきた。

「ヨウアルスグ　コイサキコ」

直治は色々と思いめぐらしてみたが、思いあたることはなかった。

いっしょにゆく仲間は、向うについてからの成行にまかせて、もう、日本に帰らないかもしれないと思っているだけで、直治のように、南方に行くことが、妻との別れになるほどの、追いつめられようではなかった。

「もう、一度、あいたいってやつだろうよ。まだ、間にあうから、急いで帰ってやるんだな」

ああ、俺も帰りたくなったと、長いあいだの共同生活で、気のおけなくなった仲間のひとりが、からかったりした。

直治は、まだ起きていた咲子から、

「わたしはあなたと別れることはやめました」

と、言われた。

「これは、したがって、お返しいたします」

直治が書いた離縁状を畳の上に押しだしながら、

「悠子も、私と別れるのが、いやだと言うんです。私は、事の成り行きを話し、あなたと別れるようになったことを納得させようとしたんです。考えてみれば、ずいぶん、つらく悠子にあたったこともあったので、悠子は、じっと考えているようでしたが、やがて、泣きだしてしまったんです。そして、どうしても、いっしょに暮そうと言うんです。私も、いっしょに泣いたんです。でも、ただ、ふたりだけで暮すのが、いやになって、色々馳けずり廻ってみました。京成電車の葛飾で降りて、高台の方にゆくと、草野という発明家がいるんです。その発明が、軍部と結びつく方法さえつけば、成りたつのに、そんな便宜を、その人は持っていないんです。なにも、戦争のさなかに、わざわざ南方くんだりまで行くこともないでしょう。ですから、南方行きを断って、いっしょに暮してください」

「そう言ったって、あすにでも旅行の許可が下りるかもしれないんだぜ。それに、その発明は、どんなことなんだ」

「そこは、秘密の発明ですもの。わたし、ちっともわかりませんわ」

真顔で咲子が答えた。

「じゃあ、話にならないじゃあないか」

「あなたが行って、色々と相談にのれば、きっと、相手も打ち明けてくれると思うの。ちょっと耳の遠いおじいさんだけれど、品のいい人よ」

「いちど逢っただけで、わかるもんか」

「とにかく、逢ってやってください。せっかく、ここまで私が話をつけたんですから」

ああと直治は気のない返事をしながら、咲子の必死な気持がわからないわけではなかった。単純で、すぐに目的にすすんでゆく咲子のやりそうなことであった。

「もう遅いんですから、寝みましょう」

朝起きぬけに行ってみましょうと言い、

「兵隊に赤紙がきたのとちがうんですもの。南方行きは断ることができるでしょう」

と幾度も念を押すのだった。

咲子に案内させて、直治は、草野茂という発明家を訪ねた。

葛飾で降りて、高台は、松の樹が多かった。こうこうと音をたてて朝のさわやかな風が吹きわたっていた。

「いいとこでしょう」

咲子は、きりっとひきしまった小柄な体を、少し前かがみに白い素足を、ぴたぴたと下駄離れよく、坂道をのぼるのだった。

顎鬚をたくわえた草野は、学者が研究室できる白衣をまとい、労働にたえない華奢な指先は、長いあいだ書斎に親しんできた、風格を示していたが、もとは経師屋で、一枚の紙を、たくみにふたつに割いて、本物と同じものを作りあげる贋物作りの名人であった。

戦争がはげしくなるにつれて、書画類の表装はおろか、襖障子を張りかえる仕事も無くなって、ほとんど失職状態になった。

草野は薄い和紙をふたつに切りさく特技を、どうにか、いかしたいと、印刷した薄い紙を、ふたつに割いて、それを原板にして、裏側から光りを通し、印刷された貴重書の複製を試みようとした。

ふたつに切りさいたものを、その儘原板にするためには、紙質や印刷インクをそこなわずに補強する性質をかねた、特殊な感光性の塗料を必要とした。

原板を作りあげるまでの操作は、特殊技術なので、誰にでもできるものではなかったが、その塗料の研究が成功した場合には、その発明を盗まれないために、特許を申請しようと思っていた。

敗局が続くようになって、軍部は、精神力で償うと同時に、奇想によって、地から湧いてでたような、強力な発明があらわれる以外は、敵国側の科学水準に引き離されているので、勝利をつかむことができないと考えだして、戦力を昂揚させる意味の発明には、助成金をだしていた。そのなかには、ほとんど迷信に近いようなつまらないものにも研究補助費がでたので、素人発明家を簇出《そうしゅつ》させる結果になったが、軍部としては、そのなかに、ひとつぐらい飛びはなれた創意がでて、日本を救うかもしれないという儚い望みをかけていたのだった。

「偽茂と言って、その道の人は、大低私の事を知っていますよ」

ちっとも、もったいぶらずに、自分をさらけだす草野に、直治は好感がもてた。

ドイツから潜水艦などにつまれて、科学兵器に関する科学書が、日本にとどけられていることを知っていた。そのなかには、アメリカやイギリスなどの貴重な研究書も含まれていた。ミッドウェイの海戦以後、電波探知器に就いての極秘書類も多いとのことであった。

印刷職工などの熟練者は、戦争や徴用にかりだされていたし、それまでの数の少なかった欧文の文選工などは、欧文排斥の波に流されて、ほとんど壊滅していた。字母や活字なども地金にかえられてしまった。

オフセット印刷に使用するジンク版も品不足で、ほとんど休業にひとしかった。

直治は、草野の発明を、科学兵器の複刻に役立てることを理由にして、政府の助成金を得ることができるかもしれないと思った。

直治は、もちろん、技術者ではなかったが、草野の塗料が完成する率は、きわめて少ないのではないかとあやぶんでいた。

「あなたの発明された印刷は、なんと言うんですか」

草野は、その発明はまだ命名していたわけではなかったが、

「光写式印刷と言うんです」

咄嗟の思い附きで答えたが、草野は、口に出して、これはいい名だなと思った。

「すると、つまり、もう、ひとつのは、光写式印刷感光塗料と言うわけですね」

声の甲高い咲子が、耳の遠い草野に、直治の言葉を復唱するのだったが、ええ、そうです、そうですと、草野は人の好い笑顔で答えた。

咲子は、直治がそんな方面に顔のひろいことや、助成金を得た場合に、成功謝礼はいらぬかわりに、光写式印刷の発明を利用して、科学兵器を複写する権利を取得して営む事業一切の権限は直治にあることを、抜目なく附け加えるのを忘れなかった。

直治は、すぐにその足で特許局に行き、そこには古くから知っている先輩がいたので、草野が相当な額の助成金を得ることができ、また、直治は自宅に葛飾書房の、小さな表札をかかげたりして、科学兵器の複刻をするようになった。

直治は、その仕事のために、南方に行く計画をとりやめて、技術本部の嘱託になり、軍属ではあったが佐官級の待遇を受けたりして、仕事にあたっていたが、納期が厳重なだけで、原価計算の出しかたも知らない軍人相手なので、どうやら、生活の方も楽であった。

草野の光写式印刷研究所の名目だけの顧問になって、そんな名刺を刷ったりしたが、複製の仕事は、やっと見附けたオフセット印刷に頼っていた。

咲子は、自分には事業的な才腕があると思ったらしく、

「わたしって女、まんざらでもないのね」

と、少し上向き加減の鼻を、ふくらましながら、直治に言ったりした。

咲子は、学校を出た女を、極度にきらっていた。

悠子は、市川の真間にある仏教関係の女学校に入学したが、母子の会などにも、顔をだそう

としなかった。

空襲などのこともあって、通学地区は狭く決められていたし、県立よりは学費などは高かったが、そこには、中流以上の家庭のものが多く通っていて、生徒の粒もそろっている方であった。県立は、遠く千葉に行くか、近くて市川から出ているバスに乗って松戸に通うのであったが、母からの体質遺伝もあって、ひよわい悠子が、乗物で通うには適しなかった。

「女は、上手に御飯がたけて、お掃除好きで、どうやら、裁縫ができるぐらいが、しあわせなのよ。学問をして、いい年になって、お嫁の口がないなんてことにならないように気をつけましょうね。私は、どうも真間の女学校の生徒はきらいなんです。なんとなく虫がすかないって言うんでしょうかね」

悠子が県立では、内申書はどうにかするとしても、入学試験の方では責任がもてませんねと担任の先生から、咲子がきいてきてからは、殊更に県立を受けるように主張した。

「まるで自分が申し分のない女房だと言っているようなもんだな」

直治は、にやにや笑いながら、むきになって、悠子の学校に反対する咲子の底をながれているものをあわれみながら言った。

「ええ、たしかに、いい女房よ。そりゃあ、母としては、零に近いかはしれませんけど。りっぱなものだわ」

悠子は、どうやら、真間の近くの国府台学院女学校に入学することができたが、入学試験のひとつと言える親と校長との面接にも、直治が行かなければならなかった。

「せっかく学科も通ったのに、最後に私が校長さんと逢って、だめになったなんて言えば、私の責任問題ですからね。あなたがいらしたらいいでしょう」

直治は、ほとんどが母親で埋まっている講堂の待合室で、順番を待ちながら、やはり、セレベスなどに行かなくてよかったと思った。

「悠子さん、学校に行っているうちは、どんなものを着ていてもいいの。学校をでて、娘さんとして売出すときに、いい着物をたくさん作ってあげますからね」

咲子は、そう言って、もう、少しどうにかならないものかと直治が思うような恰好をさせて通学させた。

戦時体制にはいって、女学生も地味になっていたが、決めの黒い運動パンツなどを買ってやろうともしなかったので、白いブルーマで走り廻り、それとなく担任の教師が家庭訪問に事寄せて来て、注意したりした。

「制服、制服って言ったって、今は、仲々生地もはいりませんのよ。学校って、いやに形式的なところですね」

教師は、悠子の家庭の状況が、どんなものかは、ほぼ想像もつくらしく、咲子の口をついてでる、悠子に対する厳正な批判などは、さらさらと聞きながして、引きあげて行くのだった。

「なんとか作ってやれよ」

直治がそう言って、ひとりだけちがった姿の悠子が、運動場で動きまわっているのを思い浮べた。

「黒けりゃあ、いいんでしょう。形なんて、どうだってかまわないんでしょう。すぐに染めてやります」

咲子は、財布をもっていたことがなく、札は帯のあいだに、ちらっと見えるようにのぞかせていた。

そして、表を閉めている店の裏口から声をかけて、そのころは、手にはいらない品を集めてきた。そんな品を風呂敷に包んで、上気したように眼をかがやかしていた。

「どんなものだって、遣りようでは、手にはいるんだわ」

直治の仕事に関係のある将校などを、家に呼んで、暗幕をはった、濁った空気のなかで、小さな宴会のようなことも、咲子はするのだったが、幾日か、かかって食糧をあつめたり、酒をさがしたりした。そんな咲子の動きには、張りがあって、きびきびしており、客あしらいも、うまくやってのけるのだったが、次の日は台所をよごれものでいっぱいにしたまま、疲れきって、遅くまで寝ていた。帰りにサーベルを吊るのを手伝ったりしながら、

「また、おいでになってね。うちの人の仕事を、よろしくお願いします」

あまり飲まなかったのに、わざと酔った振りをしながら、くどくどと相手に頼んでから、

「うちの人は、気がいいんですけど、世間知らずのところがあるもんですから、いつも心配し

ているんですのよ」

と取りなしたりしたが、そんな効果は、いつか仕事の面にも、あらわれていて、咲子の役割を、直治もみとめないわけにはゆかなかった。

「あの中尉さん、きりっとして、仲々いいじゃあないのね」

畳の上に、けだるく手を投げだしながら、咲子は実感をこめて、言ったりした。

八月にはいる前から、咲子は日本が手をあげる日も近いと聞いていた。

小さく葛飾書房と書いた形ばかりの表札を、夜更けて帰った直治が引きはがして、部屋の隅に、ぽいと投げ棄てながら、

「日本も、とうとう駄目らしいよ」

と咲子に告げた。

光りが外にもれるのを防いだ暗幕をすかして、遠く星空が見えた。紺絣のもんぺにしみるほどの汗が、冷たく体をながれていた。

直治の住居は、敵機が鹿島灘に抜けてゆく空路に近く、江戸川縁りの高射砲陣地から打ちだす破片が、ばらばら甍屋根に落ちかかることもあった。

そのあたりは、一尺も下を掘れば、くだけた貝殻といっしょに水が湧いてくるような土地なので、防空壕は、地面から露出していた。直治の庭の隅にコンクリイトでかためた壕があるのは、科学兵器に関する原書をしまって置くためであった。

直治は、口にだしては言わなかったけれども、戦争が終ったら、咲子と別れることを、どのようにか思っているらしかった。それは悠子を、咲子の圧迫から逃れさせようとしているような素振りから感じとられることであった。かなりの市民が、どこかに疎開して行ったなかで、直治たちは、仕事のためでもあったが、日に日に空襲がはげしくなってゆく市川に住みついていた。

どうしても、ひとつになることができない感情が、直治にも咲子にも悠子にも動いていたが、戦争のきびしさが、ひとつにかたまって生活するより仕方がないと思わせていた。

直治は、おしろい気のない素顔を覆っている、少し赤みを帯びた咲子の、櫛にぐるぐる捲きつけた髪の毛や、輝きを失った瞳をながめていた。

咲子は、ふと、戦争が終れば、別れが待っていると思った。ずいぶん無駄なことをしたものだと日本の運命を顧みるのだったが、それは、自分の身の上についても考えられることであった。咲子は、自分の心をのぞかれたように直治の眼をそらしたが、機銃掃射をうけて、死んでいた方がよかったかもしれないと思った。

雪空のなかを艦載機が飛んできて、ひゅっと耳許を弾がかすったことがあった。

するうちに空襲警報のサイレンが鳴った。咲子は、癖のように素早くラジオにスイッチを入れ、防空壕に直治や、眠っていた悠子と連れだってはいった。

燃えさかる都会の火の手をあびて、銀灰色の太い胴体を、朱に染めながら、夢のように飛びさってゆくB29に、間遠うに高射砲弾が伸びて行って、しゅるしゅるといどみかかるのであったが、敵機の、はるかに下で炸裂するだけだった。

もう、手におえなくなっているのを、咲子は壕の奥から、じっと息をのんで眺めていた。

「どうにも、ならないものなら、射つのをやめたらいいのにね」

「そうは言っても、それが仕事だから、やるより仕方ないのさ」

直治は投げだすように答えた。狭い壕のなかなので、壁に突きあたって、大きく反響した。

直治の、こけた頬が、暗がりの中に、現われたり、消えたりするのだったが、咲子は、この人と別れるのは、つらいことだと思った。

ほんとうに、なんの自信もないから、強がりを言って、家の中にはびこって、直治の気持を無理に引きつけようと、もだえて苦しんでいたような気がした。しかし、どう考えても悠子は自分にとっては敵であった。いつも、自分の立場を、おびやかしつづけている小さな生きもののように思われた。

いつか、さかりがつけば、自分の恋敵になる、すぐれた仔猫を、まだ、育たない子供のうちに、喰みころしてしまう牡猫のように、悠子を、どうにか、いまのうちにしてしまわなければ、直治にきっと棄てられるにちがいないと壕の奥で寝ている悠子を、きらきらとにらんでいた。

解除の警報をきいて壕を出ながら、

「今のうちに、早めに納本して、お金を貰っておいたら。敗けたとなったら、どうなるか、わからないわ」

ちょうど、そのときに五百部の複刻の仕事にかかっていた。咲子にそう言われて、直治は、うん、そうだったとうなずいた。

南支の戦線から、腹部貫通銃傷をうけて、後方に送られ、やがて除隊になった染谷庫三は、生業の肉屋は統制でだめになっていたので、警防団の仕事をしていた。住居が直治と近かったし、戦前からの得意先であったので、夜勤のあった翌日は、休みになるので、直治のところにもよく遊びに来ていた。

体の大きい染谷は、戦傷をうけるまでは草相撲などの大関であったが、季節の変り目などには、傷口がいたむようなこともあり、どこかに、ひびがはいった器のような自分の体を、そっと取りあつかうようにしていた。

染谷は騎兵の上等兵であったが、南支をかけめぐっているときに、田畑で働いている農家の娘達に逢うと、自然に馬の歩みを遅くらせ、落伍の形になり、黄塵をあげて、現場を襲うのだった。日本兵をおそれて、畑のなかに隠れた娘たちを見出すために、染谷達は畑の隅に立って、中天をめがけて、銃声をとどろかせるのだった。

銃声におびえて、泣きさけびながら、畑のなかを逃げまどう姿を、騎上から冷かに見出すと、ひらりと飛び降り、大股に作物を軍靴で蹴散らしながら、その娘を引きたおして、素早く性慾をみたすのだった。慰安所は、最も精力的な半島出身者などでも、手に負えないほどの兵隊が列をなして、順番を待っているので、全裸に近い慰安婦が、自分の体を疲れさせないためには、指を脇の下にはさんで温めており、慰安所にはいってきた兵隊の尖端を握るだけで射精させることができる状態を容易に作ることができた。戦場の男性は、誰でも、文化の高低にかかわらず、たけりたっているので、染谷達の行動も、あっという間に終ってしまい、また、馬に飛びのると、先頭部隊に追いすがるために、矢のような速度で、馬を走らせるのだった。

傍にいて、染谷の話を聞いていた咲子は、なにか、身近かにくる苦い思い出があるらしく、厳粛な暗い顔になって、染谷を散々に、せめなじっていた。

「支那は、広いんですよ。悠々とした舞台で、そんなことをしながら、すこぶる健康な感じになったことだけは事実ですよ。戦場は、銃後で考えられない特殊な心理が支配しているんだな。今、自分に銃をあたえて、さあ、誰かを射てと言ったって、とても、できませんからね。同じ形の人間同士が、ほんとうに、東洋人は、お互いに似ているんだ。それが殺しあっているんですからね。個人同士の喧嘩なんて、憎みあっているから話がわかるとして、どうしても、殺さなければならないわけはないですよ」

敵軍が進駐することに決って、染谷は直治の家へ来た。

「お宅の奥さんやお嬢さんは、どこかにやった方がいいです。なに、うまいこと言ったって、相手は人間ですからね。わかるもんですか。うちでは、すぐに女房と娘は、田舎にやります。

横浜では市役所で婦女子の退避命令がでたそうですよ」

せき込んで染谷が言ってから、

「いつかの支那で女を襲った話、あれは秘密にしてください。あれを話したのは、たしかに此処だけだったんです。ここでさえ黙っていてくれたら、知れっこありませんからね。わかれば銃殺もんですよ」

直治は、染谷が、自分のところでだけ、あの話をしたとは信じることはできなかったが、ああ、いいですともと受け合うのだった。咲子は、あの人は、自分のしたことに復讐されているんだと思った。

直治がやっていた葛飾書房は、形になって残ることなので、染谷の場合よりも、心をくるしめる気もしたが、無条件降服と言うことが、国民のひとりひとりに与えた、おびえに過ぎなかったと、やがて直治は思うようになったが、国際法から見て、著作権の侵害であるばかりでなく、敵軍の科学兵器をとり入れて、日本の戦力を強める役割をしていたことが、どうしても不安にかりたてた。複刻にあたって、発行所も発行人も必要としなかったので、すぐに直治と突きとめられる筈がなく、また、極秘の重要書類は、終戦と決定してから昼夜の別なく焼かれているのを知っていたが、割りきることができない怖れに直治は襲われるのであった。

秋風がたって、骨ぶとい感じのジイプという車が、波のように行き来するのを、当然な眺めとして、直治の眼にも映るようになったが、徐々に大幅に拡がってゆく戦犯という層の中に、いつか、まきこまれる日があるように思われた。

旭オフセット印刷所の、葛飾書房との連絡係を勤めていた戦争未亡人の、竹村みつ子は、秋風やジイプと言へる彼の車と言う俳句を作って、直治に見せたりしたが、夫を南京攻略戦で失った眼には、廃墟と化した町の、どこにも無常の風が吹いているらしく、敗戦という現実が、みつ子の生きてゆく、のぞみをたち切ったようであったが、子供のないひとり身の、寄りどころなさを感じさせながら、自然は虚脱した肌を、しっとりと艶めかしく、育てて行くようであった。

「私は、戦争で、生きながら死んでしまったのです。生きてゆく気なんて、ちっともしませんのよ」

眼を伏せて考えながら、静かに直治に述べる、みつ子の姿は、今は遠くに霞んでしまった、愉しかったが、短い結婚生活を、思いたぐりよせようとする祈りとも思われたが、ふっと顔をあげて、直治をみつめる黒い睫には、しっとりと潤んだものを湛えていた。

その頃は、みつ子だけではなく、もんぺなどをかなぐりすてて、昔の着物姿にかえっていたが、直治におやと思わせるような女の匂いを感じさせた。

「まあ、そんなに悲観してもつまらないことですよ。そのうちに、いい事もありますからね」

直治は、自分にも、当てのない暮しのなかで、みつ子を慰めながら、かなり長いあいだ俳句を作ることで、気持をまぎらしてきたと言うみつ子の、俳句の流派や先生などをききただしていた。

「おい、咲子。お前も竹村さんに教わって、俳句でも作ったら、どうだい」

直治は、思いのままを咲子にすすめると、

「私のような無学なものに、そんなことできるもんですか。あなたが弟子になったら、いいでしょうよ」

ふっと咲子は、目に見える不快な表情をして投げ棄てるように言うのであったが、

「俳句なんてどなたにでもできることだと思いますわ。私のようなものにも、どうにか先生の力をかりれば、まとまりがつくんですもの」

「そりゃあね。あなたのように女子大学をでたような方なら、そうでしょうよ。どうせ、私は無学なんですから」

直治はにやにやと苦笑いをして、別の方に話題をかえるよりしかたなかった。

「女の匂いがぷんぷんするあんな奴、こんどきたら、水をぶっかけてやるから」

咲子は帰ったみつ子が、まだ門の近くにいるらしいと知っていて、きんきんする声で、どなりちらしていた。

「私はね。あの女が、きらいと言うんではないのよ。お尻をかぎながら、のこのこあとをつけまわっている、さかり犬のようなあなたの顔に、言っているんだわ」

莫迦だなあと直治は口にしたが、そんな表情になっていたかもしれないと、薄い髭を撫でたりした。

戦争で空襲がはげしく、忘れていた性慾が雑草のようにはびこり、敗戦というみじめな形で、没理想的な姿をあらわしはじめていた。

「今度は姦通ということが、法律ではなくなるんですって」

「今までは、男にばかり特権があって、考えてみれば、女はみじめすぎましたものね」

そんなことを語る女達の唇は、ふやけて、だらけきっていた。

「南方では、男に女ができると、その奥さんと愛人が、男の前で、力ずくで争うんだって。なんとか言う民族よ。そして、敗けて、降参した方が、その男を自分のものにする権利があるんだって」

「そんなのもちょっといいわね。だらだらと男が沢山の女を追いかけ廻すよりはね。さばさばして」

咲子は、ちらっと、みつ子の物憂げな、彫の深い横顔を思いうかべながら、なんだって、あの女が、この頃、気にかかりだしたのだろうと思ったりした。

直治が、ぶらりと町から帰ってきて、葛飾書房の仕事のことで、どうやら呼ばれるらしいよ。参考人程度らしいんだが、どんなことになるのか、きょう町で、川畑さん、知っているだろう、技術将校で、いつか、家に見えたこともあった人。検べに当るのは二世だから、英語の心配は要らないと言っていたけれど、ちょっと冴えない顔をしていたよ。自分は、もう、進駐軍の名簿にのっているので、どうすることもできないが、君は、どこかに隠れた方が安全だよ。だいいち、君が隠れきれる自信があれば、僕の線で、とめてみせると言っていたんだ。どうしようかなと直治は咲子に言うのだった。

咲子は、すぐに直治を逃したいと思った。誰かが来るとしても、自分が当る方がいいと思った。向うの男は、女にやさしいと聞いていたし、ちらほら外に姿をあらわしかけた向う相手の街の女に対する態度などでも、ほぼ想像された。

「いいです。あなた、逃げてください。あとはきっと引きうけました。悠子のことも、ちっとも心配いりませんわ。どこがいいでしょうね」

「田園調布の平野のところがいいと思うんだ。あれは二十年来の友達だし、しかし、内情をぶちまけては、だめだろう。こわがって、断るかも知れないよ。ただ、なんとなく居る事にするさ。どうせ移動の問題もあることだし、結局は逃げきれるものではないが、どこかに、当てのない旅に出たことにして置いてもらおうか。まあ、数日のあいだのことで、向うの出方もほぼ判ると思うよ」

「そうなさいまし。なんとかなるでしょうよ」

咲子は、直治にいくらかの食糧をもたせたりして、送り出すのだったが、気強く言いながらも涙をにじませていた。

咲子はじっと外にもでずに、相手の来るのを待っていたが、二、三日しても何の変りもなく、咲子は、夜になれば、かえって眼がさえたりして、睡眠剤の力を借りたりした。

ひとりでお茶をのみながら、窓から遠い雲などを眺めているうちに、ふと直治に逢いたくなった。着換えの下着類を少し風呂敷に包んで、ちょっとした手みやげなどを買いととのえると、往復の時間を、ざっと四時間とみても学校から悠子が帰ってくるまでには充分の時間であった。

直治が家にいない理由は、悠子には知らせてなかったが、なんとなく咲子の身近くまつわりついたりするのを可憐におもいながら、床を並べて、朝まで明るく電燈をつけっぱなしたままねるのだった。

買出しにきたこともあって、咲子と顔なじみの平野の妻は、玄関に出て、まあと驚いた表情になったが、すぐに塗りこめたように無表情になった。

「御主人は、さきほど、散歩にぶらっとお出掛けになりましたわ」

咲子は、直治が平野の妻にどの程度打ち明けているかわからなかったので、そこそこに挨拶をして、すぐに帰路についたが、街路樹の多い町筋をあるきながら、路地から、ひょっと直治が現われるかもしれないと気をくばるのだったが、自然に気落ちしたように、張りつめた気がゆるんで行った。

「悠子ちゃんが学校から、帰らないうちに戻らないとかあいそうだわ」

咲子は、心の寄りどころを悠子に求めていた。

直治は、新丸子に住んでいる、みつ子を訪ねようと出掛けたのだった。一度も、行ったことはなかったし、所、番地も、うろ覚えであった。空襲をうけずに、古い屋並みのたちならんだ新丸子の町を、当てもなく歩きながら、きょうは普通の日なので、会社にいるかも知れないと思ったが、そこから電話を掛ける気もなかった。

どうして新丸子をたずねる気になったか、考えれば直治にもわからないのだが、ふと、交番によって、巡査に訊ねたりした。

「それは、きっと、何々方ですよ」

カードをはさんだ厚い帳簿を調べながら、けげんそうに答えるのだった。

咲子が、あわただしく家に帰ると、悠子が飛びだして、「たいへんなことができたのよ」と云った。留守中に、何かあったなとせき込みながら、

「誰か来た」

どんな相手にも敗けてなるものかと言う気がして、自分の頬に血がのぼるのを意識した。

襖をあけて、あっと声をあげた。

鏡台がみじんにひび割れて、その前に花瓶がころげていた。

覗きこんだ自分の顔が、ぎざぎざに斬られたように、映っている。花瓶から流れた水が、足袋を濡した。

悠子は、玄関に咲子の声がしたので、すっと勉強机から立ちあがった途端に、手に触れて花

瓶が飛び、鏡をやぶったのであった。

悠子は、直治がいなくなって、咲子をたよる気がつよくなり、帰ってきたのが、うれしくて、立ちあがったのだった。

「仕様のない人ね」

咲子は、廊を出たときに、そんな身の廻りのものは、置いてきたのだった。もう、舶来の鏡がはまった鏡台は、店先きから姿を消していたときで、大森海岸の近くの店で、やっと探し求めて、直治といっしょにさげて帰った思い出のあるものであった。黒塗りの螺鈿の鏡台は、部屋に据えると落ちつきを与えた。

「見られているようでいやだわ」

咲子がふくみ笑いをしながら、赤い鏡の覆いは、その夜更けに縫ったものであった。

直治は、ああは言ったけれども、きっとみつ子のところに行ったんだ。その証拠に、誰も来はしないではないかと咲子は、ふと思った。

こんなときに、鏡を割るということは、不吉なことだと思い、咲子は、みつ子に、直治をとられてしまうのだとの不安が湧いてきて、いちずに悠子のまちがいが憎らしくなった。

「憎い私を、別れさす気でしょう」

と、ひっつるようにさけぶと、悠子の机の上にあった姫鏡台に咲子の指がかかっていた。

「こんなもの、ぶちこわしてやる」

柱をめがけて咲子が投げつけると、鏡は、こなごなにくだけ散った。

咲子は、そのときに蒼白になった、小さい悠子の顔を見たと思ったが、そのまま、はげしい衝動をうけて、気をうしなっていた。

もう、なにも、かもだめになってしまったんだと囈言《うわごと》に言いながら、火のついたように泣きさけぶ悠子の声を遠くに聞いていた。

咲子はやがて暗い部屋のなかで、ふと、気附いたが、鏡台の中から睡眠剤を取りだすと、ぽきぽき嚙みながら、そのまま、いつまでも眠っていたいと思った。

直治は、留守中に、咲子がたずねて来たと平野の妻からきかされたが、その後の様子はどうなったものか、ちっとも触れずに帰ったので、次の日、早く家に寄って、成行きをたしかめる気であったが、朝陽をまともにうけて、黄色い肌にぶつぶつ毛穴をあけて、口を歪めながら眠りこけている咲子を見出した。枕が畳の上にころげて、腋毛をのぞかせるように手をぐったりと投げだして、大きないびきをあげていた。

こわれた鏡台がむごたらしく、すぐに直治の眼を射り、なにかあったと思わせる無気味なものが漂っていた。

悠子は、弁当の支度を、ひとりでしたものか、朝の食事をとったらしくもなく、もう、学校に行ったにちがいなかった。

直治は咲子の枕許に坐って無様な寝顔をながめているうちに、押えがたい怒りが突きあげてきた。

直治のうちおろした掌が、咲子の頬に鳴り、ひりひりする痛みが伝わってくるのであったが、瞳孔がひらいた感じのする眼を反射的にあけたまま、咲子は、まだ眠りこけていた。

「仕様のない奴だな」

「ううん」

咲子は寝返りをうちながら、直治の手をさがすように手をのろく動かした。

「帰ってきたのねえ」

口で言っていて、咲子の体は、ぐったりと意識から離れたままで、しばらく、いっしょにならなかった。

「俺がるすにしていると、すぐ、このざまだ。誰が来た?」

直治は、咲子の髪の毛をつかみあげながら言った。

「いたい。いたいったら、この気狂い。よくもすっとぼけて、そんな口がきけたな」

ぐるっと起き直って、

「平野の家なんかに、行っていないじゃないか。あいつのところに行っていたじゃないか。嘘をつくのは、よせよ。男なら男らしく、そうと、はっきり言って、好きな女のとこへ行くもんだよ、自分で作りあげた芝居なら、誰も来るわけはないでしょう」

新丸子まで、ふわふわと魂がぬけでたように、直治を歩かせていた、目にみえない力を、咲子が知っていると思われてきた。咲子のつくりあげた妄想に、「なに、つまらぬことを言っているのだ」と、直治はどなりながら、たしかにみつ子にひかれてゆくのを認めなければならなかった。すると、直治は、自分が長いあいだ探がし求めてきた女が、みつ子であるようにも思われてきた。

直治が咲子を家に連れてきてから、知らない字は、仮名で書けばいいんだ。きれいな平仮名だけで、書いた手紙などは、奥床しい感じを相手にあたえこそすれ、物笑いにされることはないからね。嘘字を書くより、どんなに増しかもしれないと、夜になって悠子が寝しずまってから、平仮名を教えたりした。

直治は、訪問者などが見えると、咲子が普通の女と、ちがった振舞いを相手に示さないかとはらはらしていて、落ちつきを失っていた。

いつか、直子のところへ遊びに行って、花を引いて、遅くなって帰ったことがあり、そのときに形ばかりの金を賭けたのだが、咲子は、よく附いて、かなりの儲けになった。

「まあ、ざっとこんなところよ」

咲子は、帯やふところのなかから、金をとりだして、得意そうに直治に示した。直治は急にこわい顔になり、いきなり、咲子をなぐった。

咲子は、すぐに、けろりとして、まるで、あなたは、私の先生のようだから、窮窟でしょうないと笑ったことがあったが、いつも、注意をそそいで、見護ってやらなければならないような、無軌道のものを、咲子が持っており、それがまた、直治にとっては、負担のかかった魅力にもなっていた。直治は、他の女の人になど心を散らすことがなかったのは、咲子を愛していたためだが、不良の生徒に対する教師のような心遣いも、多分に含まれていたにちがいなかった。はっきりと自分らしく生きてゆくことは、現実にどんな足跡をつけてゆくことなのか、咲子には、わからなかったけれども、ヒステリイ女の私が生きてきた姿は、こんなものであったのだとひりひりするほど、哀しく傷んでいても、裸のまま、さらけだしてしまうのが、人間らしいことだと思ったりした。

小学校も碌々出なかった咲子を、直治は、いちども莫迦にしたことはなかったが、それは智識人というものの表面的な儀礼で、肚のなかではやはり、階級がちがうように思っているせいにちがいなかった。

みつ子と取りかわす会話のなかには、これまで自分を相手としたときとちがうような、自由な表現が感じとられ、なんのことかわからなかったが、日本語でない、外国の言葉が、なめらかに口を突いて出たりした。

咲子は、勝手にしやがれと思いながら、そばかすの多いみつ子の、しおしおとした眼のあたりをにらみつけたりした。

直治は、みつ子と、なんの関係はなかったが、

「みつ子のところに泊ってきて、それがどうしたと言うんだ」

きらきらした咲子の眼を、射返すようにして、直治は、言った。

「やはり、そうだったんですね。いっしょに寝たんですね」

咲子は、みつ子の、じくじくに熟れた無果花のようなしたたりを感じながら、

「ああ、けがらわしい」

と叫ぶのだった。直治は、平野の広い二階に泊っていたが、気持ちが、ちっとも咲子の方へは流れずに、うつらうつらと夢のなかに、みつ子との痴態があらわれたりした。直治は平野のところに泊っていた筈なのに、みつ子と、二、三日寝起きしていたと言った方が、真実に近かった。

直治は、川畑が言ったように、証人程度にしても、呼び出されて、調べられることは覚悟していた。

取調べが来れば、咲子の妄想が消え、平野のところに行ったことも、そうだったのかと信じるにちがいない。そのときに、あわてふためく咲子のことを想像して、もう、どうでもなれと肚をきめて家にいたが、ちっとも、そんな様子はなく、どうやら川畑だけで事が落着したらしかった。

咲子が、浮名のときに、楼に通ってくる男達は、仕事にかこつけて、家庭をあざむきながら、幾日も居続けて帰るのだった。東京駅のガード下の売店には、そんな放蕩者のために、神戸牛の味噌漬をはじめ、全国の名産が並べられてあり、世間知らずの妻をだますためには、誰か使いのものを出して、それをぶらさげて帰ることで家庭の平和をみださずにすませることができ

るのだった。咲子も、そんな女房の尻に敷かれている男に入知恵をして、幾日か居続けさせたこともあり、男の裏ばかりを見つづけてきた。

直治は、年に似あわず、すぐ顔をあからめるところがあり、それを咲子は初心なものと思って、私の好きな人見せてやろうかなどと、廊下であった朋輩に、直治がいやがって、隠れるようにするのを、からかったりしたが、あるいは直治の妙な自尊心が、そんな形であらわれたのかも知れなかった。いい気なもので、直治だけは、他の男とちがうように思われたのは、好きで、のぼせていたからのように思われ、咲子は、はじめて、直治の正体を見極めたような、寒々としたものを感じるのだったが、直治が咲子が考えるほど、変っていたわけではなかった。

遊びに来ていた長いなじみも、ふと気にいらないことがあれば、わざと通りを距てた前の楼に遊んで、高声を聞えさせても、そこから連れもどすこともできなければ、言い訳することもならない生活であった。そして、そんな目に長いあいだには色々と遭遇して、男は浮気なものだと思いあきらめてもいたのだった。それだけに、直治に対する信頼は、世のつねの、しあわせに育った女とはちがっていて、絶対的なものであった。それが、竹村みつ子の出現で、崩れ去ってしまったのだが、そうなれば、もう際限がない疑惑になやまされ、非常識な嫉妬にかわってゆくのだった。

どの言葉の隅も、どんな行動の端しも、直治のことは、すべて嘘に思えてくるのだった。殊に妙に納りかえったような直治の態度が気にいらなかった。

「あなたのような嘘吐きは、眼の前にいて貰いたくないわ。ついでに掃きだしてやるから」

咲子はそうも言って、坐っている直治を箒ではきだそうとした。

「ふん、お前は、よくそんなことが、この俺に言えたな」

苦々しそうに舌打ちしながら、のっそりとふところ手をして、直治は外に出かけるのだったが、終戦といっしょに仕事を失った直治は、なにか適当な職を求めようと、いらいらしてもいた。

「女なんて、自分の男以外に頭がはたらかなくなっているものなのだ。なんというつまらない生きものなのだろう」

直治は、むきになって女をにくんでいたが、みつ子のことだけは、そうは思われなかった。ひとりでに直治の足は、みつ子の住んでいる方に向っていた。

直治は、新丸子の駅で、みつ子を待っていた。みつ子を好きにさせたのは、咲子のように思われる。あいつがわるいんだ。自分がちっとも気づかなかったところを、勝手に掘りかえして、この通りではありませんかと言ったのが咲子なのだと、直治は無理に考えていた。あるいは咲子に甘えているせいかもしれないのだった。

直治は、もう、三台待ってみても、みつ子が降りなかったら、帰ろうと駅の売店で、週刊朝日を買い求めていると、みつ子が改札口から現われたのだった。

うつむき加減な顔を、機械的に、通勤パスを見せるときに、ちらっとあげただけで、その儘、通りに出た。

直治は、あわてて釣り銭を握ったまま、駅前のマーケットの騒音に、いらいらしてくる気持を、じっと沈めながら、遠く人混のなかにまじって、見えかくれするみつ子の、うしろ姿を見送っていた。

大通りに出て、右に切れるときに、すっと足早になり、心持ち肩がゆれたようであった。

直治は、あっと声をあげ、走っていたが、どうして、そうなったものか、思いもよらないことであった。

直治は、すぐに追いついて、竹村さんと呼んでいた。

みつ子は、自分が呼ばれたと思うには、すこしの時間が必要であるように、肩を並べた直治を見て、

「まあ、あなたでしたの。どうして、こんなところに」

みつ子は、自分を訪ねた直治を考えてみることもできなかった。

「ええ、ちょっと」

「お知りあいの方でもいらっしゃるの」

「あなたのところへ来たんです。お差しつかえがなかったら、ちょっとお邪魔させて戴きます」

「ちっともかまいませんのよ。ひどいところですけれど」

みつ子の部屋は、離室で、二階建ての母屋は少し傾いていた。

じめじめする畳は、歩くと歪み、竹林でとりかこまれて、日の光りを見ることがない部屋であった。

玄関先きに置かれた男下駄は、用心のためのものだが、虚栄に似た、女の独り棲みの擬勢とも思われた。

直治は、そのように感じていたが、みつ子には、誰かいるのかもしれなかった。

「お勤めの方は、どうですか」

「ええ、どうやら、やってゆかれそうです。それより、あなたは、どうなさるおつもりですか。ご案じ申しあげておりました」

「ほんとうに、お邪魔していて、いいんですか」

「どうしてですの。ごゆっくりなさってほしいと思っておりますのに」

「あなたは、ほんとうにおひとりなんですか」

「まあ、いやですわ、そんなことだったんですか。さっきから、おっしゃりたかったのは」

直治は笑いながらであったが、咲子がみつ子の許に泊ったと思い込んでいることなどを話した。

「あなたは、私のことで、大変御迷惑なさったわけですね」

「いいえ、それよりも、あなたに済まないことをしたと思っているだけです。意地になって、どうでもなれと考えていたのですし、そう思いこんだら、改められない気性なのですから」

「もう、お宅にお邪魔するようなことはないと存じますの。お仕事も、終ったわけですから、御連絡申しあげることもございませんし、それに、いつかの事が不快で妙に頭にこびりついているんです」

「あのときは大変失礼いたしました」

「でも、お宅の奥さまはいい方じゃあありませんの、思いのまま振舞っていられるだけなんですわ」

突きはなすように、みつ子は言った。

いつも、お宅で御馳走になっていたから、お返しするというのではないのですけれど、と、みつ子は断って、夕食の仕度にかかるのだった。みつ子は濡縁に、小さな焜炉を据えて、ままごとじみたことをしながら、過ぎ去った、短かい家庭生活を考えているらしかった。白い割烹着が直治の眼にしみた。

直治は、食事を終えて、みつ子とお茶をのんでいると、母屋の方から、竹村さんと呼ぶ声がした。

今頃、なんの用かしら、ちょっと失礼しますと、庭下駄をはいて、みつ子は母屋の方へ行った。玄関で、みつ子と何か言いあらそっているらしいのが、咲子だった。直治の背筋を冷たいものが流れ、顔から血がひいてゆくのを感じた。咲子が怖いのではなかった。女房って奴が怖いのだと直治は、靴を庭先から、拾いあげると、押入れのなかに隠れた。みつ子の匂いが直治の体をつつむようであった。

直治は、反射的に押入れのなかに隠れていたが、みじめな姿を、みつ子に見られたくないと部屋へ出て、ふるえる手で煙草に火をもって行った。

直治は、自分が出てゆくことは、咲子の感情をたかぶらせることだと考えていると、誰か母屋の男が仲にたったらしく、説ききかせているような声がして、咲子のひゅうひゅうとむせぶ泣声が聞えてきた。

直治は、どうしたと言うのだ、あまりにもくだらないことが起きていると思った。

みつ子は髪をみだして、着物をかきあわせながら、帰ってきた。

「まるで気狂いです。私の場所は、会社に電話をして、調べてきたらしいんです。出てまいりますとね、いきなり、私の髪を鷲づかみにして、あなたは、私の大切な主人をよくも盗ったって、どなりちらすんです。みっともないから、おやめなさいと申しますと、手前がみっともないことをしたからではないかとあばれるんです。幸いに母屋の人が援けてくれたので、どうにかなりましたが……」

胸をはずませて、しかし、ゆっくりとみつ子は告げるのだった。

「あなたは、ちっとも知らないことだ、咲子は、どこにいますか」

「母屋の主人が、手をとって、駅の方に送ってまいりました」

「そうですか、はじめてきて、とんだ迷惑をかけてすみませんでした。あなたの立場をなくしたようで……」

「よろしいんですよ。ここの人達は、物わかりのよい人達ばかりですから」

みつ子の眼は、勝ち誇ったように、きらきらかがやいていた。


みつ子は、直治が家に帰る気がしないので、平野のところへ行くと告げると、きっと、そこで、あなたを待ち伏せしているにちがいないと引きとめて、茶をいれかえながら、

「こまったことになりましたね。私がやはりいけなかったのかしれませんわ。そうは言っても、どうすればよかったんでしょうね。いつかのときだって、勝手におこってしまったんですものね。私のせいではないわ」

「誰のせいでもないのです」

直治は、みつ子の青い筋を浮かせた、こめかみのあたりを眺めながら、自分が、いつの間にか、みつ子に心を寄せていることに原因があるのだと思った。

「また、いらしてください。私は、もう、覚悟を決めましたから」

みつ子は、そうも言って薄く笑いながら、直治を見るのだった。

直治が、平野の家の塀に沿うて、門をはいろうとしたときに、あなた、あなたと咲子に呼びとめられた。おしっこをするように、しゃがみこんで、咲子が塀の傍らにいた。

「さあ、いっしょに帰りましょうよ」

物静かな声で、言うのだった。物おじした寒そうなものが、咲子の姿にあらわれていた。

直治は、うんと返事をして、

「帰るよ。せっかく、ここまで来たんだから、平野に逢って、礼を言ってから、帰らないかい」

直治は、咲子が、非常識に狂いまわるのは、悪い病気が頭にのぼったせいではないかと疑りながら、子供じみた表情を眺めたりしたが、愉しそうに笑っているのだった。

「どうせ、平野さんとは示しあわせてあるんでしょう。そんなことにだまされはしないわ。あなたが、ここに泊っていなかったと、ちゃんと顔にかいてあるじゃあないの、嘘つきね」

「じゃあ、どこに泊っていたと言うんだ。言ってみろ」

「決っています。みつ子のところです。私は、もう、あなたに手がだせないように、散々あばれてきてやった。いい気味、指で眼玉をえぐりとってやったの。どうだ、心配だろ。やい、野郎。もう、いっぺん行って、べたべた慰めてやれよ」

吠えるように咲子がどなると、直治にむしゃぶりついてきた。あっという間に直治は、ころんでいた。

直治は、すぐに起きあがると、咲子を殴りつけていた。直治の手に道から拾いあげた石が握られていた。

「おもしろい、殺せるなら、やってみろ。気取り屋の手前なんかに、そんなことができてたまるもんか」

咲子は、茫然としている、直治の石を握っている腕を握り押えて、差しだした自分の頭を、こつこつ殴りつけた。髪は、ばらりと散っていた。

直治は、やりきれなくなって、

「お前とは、別れるつもりだ。ほんとうにいやになった。家に帰って話をつけようじゃないか」

直治と咲子は、家に帰るまで、ひと言も口をきかなかった。


咲子は、多くの男達との長い生活から、ただ、性慾のおもむくままに動いてゆく男の型と、相手を好きになってから、性行為にはいる男の型とを知りわけていた。

直治のようなのは、相手に心が動いてから、女と結びつく性質なので、眼に見えない心の動きを、いつも感じとっていなければならなかった。性慾だけのはけ口を求めているのは、その場かぎりのもので、それがもしも続いてゆく場合は、もう、ひとつの型と同じように見えても、同一行動の反復にすぎないので、そんな男を持った妻は、すぐに家庭へ引き戻すことが可能であった。直治のようなのは狂い出すともう、手におえなくなってしまうらしく、長いあいだ、連れ添うた妻を棄てて、商売女に血道をあげて、身を破滅させてしまう例が、多く見られたし、また、体験もしてきた。

直治が、みつ子とそうなったと思った瞬間を捉えて、激しい一撃をくわえなければならないと科学的に計算して、咲子は見事な手を打った筈であった。咲子は、ほんとうに、みつ子と性的なつながりがあるとは、信じてはいなかったので、そのように仮想して、あばれまわり、直治に、女を好きになったら、どんなにひどい眼にあうかを感じとらせて、将来に禍根をのこさないようにする一方、当の相手を散々に叩きのめして、恐怖心を呼び起し、直治が、万一、図々しく言い寄っても、応じないようにしようとしていた。

咲子が、直治といっしょに暮すようになってから、いつか、そんな事も起るにちがいないと思っていたが、これまでは杞憂に過ぎないようであった。

咲子の、表面的には、狂人の沙汰にひとしい行動も、科学的に計算した上で演ぜられた名演技なのだが、直治は、そういう咲子の過去に支配されていたので、咲子のように多くの男と性的な接触のあったものは、ちがった女になってしまっているにちがいないのだとの怖れを、つねに心の奥底に用意していた。

直治が、咲子と別れる条件を、一方の要求だけに委ねようとしたことも、大変な譲歩のつもりであったが、

「私は決して、あなたとは別れません。一生涯、あなたと別れずに、つきまとって、復讐してやるつもりです。あなたに対して、みじんの好意もないことが、別れないと言うことなんですよ。そして、どこまでも呪ってやりますから」

唇のあたりをひっつらせて、咲子は言うのだった。

「あなたが、私の心にあたえた大きな傷は、どんなことがあっても癒らずに、いつまでも、血をふきつづけるでしょう」

みんな、あのみつ子のせいですと怒鳴りながら、そうすれば、直治が自分のものになると咲子は信じきっていた。

直治は電話でみつ子を呼び出して、あなたが私とかかわりあっていれば、どんな危険に身をさらすことになるかもしれないと、次の日、すぐに直治は、みつ子の安全をねがうのだったが、

「私は、殺されても、ちっともかまいません。あの方は、あなたの奥さまでしょうが、気狂いです。私は生れて、はじめての恥をかかされたんです。私にも意地がありますから、そんな、おどしで、手を引くことができません。いやです。そんな生活をしていると、あなたは、だめになってしまいますわ」

「私は、とにかく、自分の力で、そして、自分だけの問題を解決するために努力して見ます」

「あなたは、なんでも綺麗事になさりたいのね」

みつ子はあえぐように言って、広い道にたちどまった。遠くに明りが見えるので、うしろ向きになったみつ子は、濃いかげをおとしていた。直治はみつ子の唇を求めたが冷たい触感を伝えただけであった。

いけない事であったかもしれないと、直治は、すぐに離れた。

みつ子は、やがて孤独につきおとされる咲子をちらっと頭にひらめかせて、爽涼な気分になっている自分の残忍さを感じとっていた。

直治は、きっと、自分のところに帰ってくると信じきっていたのが、ぐらぐらとゆれうごくように、咲子が感じたときには、もう、取りかえしがつかなくなっていた。

東京のどこかにひそみかくれた直治を、どのようにして探しだすか、ほとんど見当もつかないことであった。

どこかで、殺されているかもしれないとおもうほど、家をでてゆくときの直治は、平静で、ちっとも、とりみだしたところがなかった。

仕事に出掛ける場合にも、どこにゆくということは、咲子に告げないのが、長いあいだの、ならわしであったし、玄関にそろえた靴を穿いて、いつものようにぶっきら棒に出掛けて行ったのだった。

上着に糸屑がついていたので、それを黙って咲子がとった。

咲子は、古い新聞をとりだして、血なまぐさい記事で埋った社会面を眺めたりしたが、思いあたるところもなかった。

そのときは妙に咲子は気がしずんでいて、別にあらだてた言葉のやりとりがあったわけではなく、言葉すくなく直治と別れたのだった。

出掛けるときに、もう家に戻らない気であったとしたら、長いあいだ自分の夫として見てきた以外の、機械のように正確な、冷たい計算をする性質が、直治と言う男にあったかもしれないと咲子は思い、そんな面を見落していた自分に慄然とするのだったが、直治の心の隅まで見破っていたようにして、暮してきた安価なうぬぼれも崩れ去ってゆくのだった。

あんなにいい人だと思ったのに、やはり、男って、おそろしいものだと、咲子は考えても見るのだった。

平野の家では、その後、一度もあらわれないと言うのだったが、あるいは、邸内のどこかにかくまっているのかもしれないと咲子は、厚い石の塀に耳をつけて、しばらく様子を伺ったりした。

二十日ほど過ぎて、咲子は、警察に捜索願を出した。

「誰か主人とねんごろな女の人でもいたのではないですか」

「いいえ、ちっとも心当りはありませんの。うちの人は、それはまじめなんですからね」

「終戦後の、人手の少ない警察力では、他の大事件を処理するだけでも、いっぱいなのです。万一のこともありますから、主人の写真でもとどけて貰いましょうか。正面向きのがあったら、その方がよいのです」

咲子は、直治が南方行きのときに、書類に添附するために撮った小型の写真を呈出しながら、どうして、竹村みつ子のことを係官に言おうとしないのか、自分でもわからないのだった。

みつ子に逢うのが、やはり、億劫な気がして、会社の電話で呼びだしたが、

「ちっとも存じませんわ。わたしが知っている筈がないじゃあありませんか」

みつ子は冷たく答えるのだった。咲子は電話に伝ってくる声の調子で、みつ子が、そうは言っ

ても、きっとどこかにかくしているにちがいないと、ぴんとひびいてくるものがあったが、今更ら、みじめな姿をみつ子の前にさらす気には、どうしてもなれなかった。

あいつを殺すだけだ。殺せば、どんなにせいせいするだろう。あいつのために、自分の一生がめちゃめちゃにされてしまったと、咲子はみつ子を憎むのだった。

直治は移動証明をもって行ったわけではなかったし、娘の悠子も置いた儘であった。移動証明は、上野あたりの浮浪者から、買いとり、その人になりすまして、うまく配給をとることも、また、その土地に根をおろすことができるとは、やがて知ったが、子煩悩な直治が、悠子を、そのまま棄ててしまうとは思われなかった。

悠子を棄てても、みつ子といっしょになるような男であったら、悠子につらく咲子があたるのを知っていながら、長い間いっしょに暮させなくとも済む筈であった。どこかへ金をつけてあずける程度の、収入はあったのだし、また、親戚に托することもできた。

いつか、悠子を通学の行きかえりなどの道で、連れ去るかもしれないと咲子が考えると、校門の近くを行き来して警戒するのだったが、そのうちに、身も心もくたくたに疲れきっていた。

頭がぼっとかすんでいるのに、眼が冴えて、咲子は、仲々寝つかれず、悠子だけは直治の居所を知っていて、だまっているにちがいないように思われ、虫もころさないように、ひっそりとした近頃の悠子の寝顔をのぞきこんでいると、どんな哀しい夢を見ているものか、涙を睫毛にこびりつかせていた。自分といっしょに直治の帰りを待っているにちがいなかった。

家庭という約束の中で、そこを心の寄場にして、いっしょに暮しながら、平安に生きてゆく世間の人達が、今の咲子には、ふしぎに思われてきたりした。

どんなに別れまいと、思っても別れをのぞむ人は、逃げだしてゆくのかもしれなかった。また、みにくく争いながら、いっしょに生きてゆく人もあるのだった。

咲子は、生れるときも、死ぬときも、ひとりなのだとは知っていたが、生きていることも、やはり、ひとりなのだと思わないわけにはいかなかった。


悠子が学校に行ったまま、電燈がついても帰らないので、咲子は、もしやの事があってはと考えて、学校に電話したのであったが、午後四時頃には、掃除当番の者も帰っているので、もう、帰宅していなければならないと宿直の教師が告げるのであった。

「途中でどこかに寄ったかもしれません。とんだおさわがせをいたしました」

染谷の店先きで電話を借りていた咲子は、はじかれたように立ちあがると、足にふるえがきて、コンクリートでかためた土間の上の下駄が、かたかたと鳴った。

「どうしたの奥さん。顔がまっさおではないか」

「いや、ね。悠子が、まだ、学校から戻らないものだから」

咲子は、また、やられたとくやしい思いが胸につきあげてきた。

「奥さん、おやじさんに逃げられたそうではないか」

精肉をいれる飾り棚は、ほこりにまぶれ、長いあいだの、店枯れを示していたが、あけひろげた胸にぎらぎらと脂を浮べて、染谷は、闘鶏仲間とコップ酒をあおっていた。

瞳が青く光って、勝負師らしい、やにっこさが、ときおり閃くのだったが、中山の競馬場附近の賭場にも、よく足を踏みいれているらしい染谷の、いつも、帰りは、すってんてんと女房が語っているような、時機をみて、さっと引きあげがきかないような人の良い顔は、思いつめた咲子の気持の疎通口にもなっていた。無雑作な言い振りも、蔭でひそひそ噂している、いやらしさがなかった。

「ええ、そうなの。私のとりなしがわるいもんだから、逃げられたのさ」

咲子は、にが笑いをした。

小さな唐丸籠に似た容器に、軍鶏がうずくまっていた。とさかがちぎれ、趾の指が割けていた。

「まあ、ひどい」

焼酎を口にふくんで、霧を吹きかけていた男が、咲子の、ふかい駭《おどろ》きに、ちらっと視線を向けたが、自動車の荷置台に、軍鶏の籠を括りつけて帰って行く、殺気と憔悴のいりまじった、その男の面魂がぐらりと咲子の心をゆるがした。

「ふん、仲々、いい男前じゃあないの」

咲子は悠子の失踪を考えまいとしていた。

「鳥屋の、光ちゃんのことか。たしかに俺とちがって、あいつは、にがみ走った好い男よ」

染谷は、大声で笑いながら、

「なあ、奥さん。あまり、くよくよしなさんな。いいだろ。ねえ。俺といっぱい、つきあえよ」

咲子は、あがりかまちに腰をおろして、猪口を手に受けたまま、うつむいていたが、やがて、思いっきりあおって、喉へ流しこんだ。

咲子は、染谷の、きさくな性質は、知っていたが、しかし、ぞんざいな口のきき方が気になったりして、つがれるままに盃を口に運ぶのであったが、かっかっとほてっているようで、頬に酔いがでて来ないのであった。

染谷の咲子のあしらいは、直治の咲子ではなかった。そこに棄てられた女のひとりが、投げだされているのだと思っている風であった。

咲子は、酔えば鼻にかかる声で、ころころと笑っては相手と調子をあわせていた。

咲子は、覚えていて、染谷の膝に手をのせて、

「俺のおやじを連れてきてくれ。よう。おやじを連れてきてくれ」

「わかった。わかったよ。奥さん」

染谷は、子供をあやすように言っていた。

家に戻る道を、咲子が歩きながら、小さい月をみて、染谷と妻のあいだに、とりかわされた口争いは、自分のせいのような気がしたりした。門にたって咲子は、気持ちをしゃんとして、しゃきしゃきした足取りに戻したが、部屋には、電燈がついているだけで、悠子の姿は見られなかった。

咲子は、広い部屋の畳の上に仰向けに寝て、みんな、ぐるになっていやがるんだな。なんだって、こんなに自分が苦しまなければならないのだろう。今の自分の思いを、きっと晴らしてみせるからと怒鳴ったりしたが、翌朝早く学校を訪ねて、悠子の安否をたずねるのだった。側を通ったことはあったが、咲子が用事で学校の中まで行ったのははじめてであった。運動場の隅で、白い運動シャツをきた生徒たちは教師の動きに連れて、同じ恰好で手足を動かしていた。

悠子と同じぐらいの年齢の子供達なので、咲子は、足をとどめてぼんやり眺めていた。

直治は、千葉県の南端の白浜にいた。戦争が激しくなって、食糧が乏しくなったときに、その土地にある岩目旅館は、食事が充分だと聞いて、友達と出掛けたことがあった。北条館山から、バスだけがたよりなのだが、二月という真冬にも拘らず、山には、夏蜜柑が熟れている暖かさであった。

白い燈台は敵の襲撃にそなえて、鉛色に迷彩されていたが、夜になると、くるりくるりと荒い海へ光芒を投げていた。海岸に近くのびた草原には処々に山羊などがつながれて、南国情緒がただよっていた。

直治が家を出て、本八幡の駅に近づいたときに、千葉市にある基督教会の講演を知らせた立看板に眼が触れたが、なんとなく、千葉行きの切符を買っていた。直治は、宗教的に求めることはなかったので、どうして千葉まで行く気になったか、自分でもわからなかったが、フォームに降りると、発車のベルにせきたてられるように鴨川行の汽車に乗っていた。

白浜まで行って燈台を眺めようと直治が思ったのは、年に不似合な感傷にすぎなかったが、長い戦争にいためつけられたための恐怖症らしかった。二、三日いて、宿屋の同じ献立にあきがくると、普通の家を間借りする気になっていた。

晴れた日に、遠くに小さく見える大島は、もう日本の勢力から離れたように思われた。直治は白浜へきて浜辺に寝転びながら、何も考えるのもいやになって浮雲を眺めたりしながら、戦争を生きぬいてきた疲れがでてくるものか、うつらうつらとしていたが、その中には、咲子との長い生活から重くのしかかってきた暗い澱みも感じないわけにはゆかなかった。

押し寄せてくる波頭を映す位置に、鏡が置かれてある理髪店で、直治は伸びた髪を苅りあげられながら、白浜にきて十日とたたない自分の健康をとりもどした、艶やかな顔を眺めながら、長いあいだ、咲子がむけてきた性的行為の、はげしさが顧みられた。直治を身近く引きつけて置くためよりは、自分の特殊技術が、長いあいだの、多角的な習練のために、みがきぬかれているのを、ひそかに誇っていた自信に充ちた振舞いとも思われたが、子のない女の、空漠としたものをふさぎ埋めようとする衝動かもしれなかった。

咲子と、悠子の、女が、本能的に噴出する葛籐を、妻と娘に形式的に分類しきれないものから来る直治の精神的な消耗も、遠い距離を乗りこえたところで、解きほぐされるかもしれないと思ったりした。

敗戦という状態から、新しく立ちあがらなければならない。そのためには一定の漂泊期間が必要なのだし、そのためにも、しばらくのあいだ直治は孤独に白浜にとどまる気であった。遠く離れてしまったせいか、忘れていた事なども思いだしたりして、ふと、なつかしくなるときは、やはり、咲子も、そう考えているように、甘い追想にふけったりした。ほんとうの生活であったなら、決してこわれる筈がないと思い、健康にたちかえった直治に、そのときに閃めいた判断がどのように命ずるものか試してみるつもりもあったが、やはり、自分の家に帰ってゆくのが、自然のように考えられてきた。

家の方では、当分は暮しがたつ筈であったし、ずるずるとそのままにして置いたが、直治は、自分の小遣にも、不足を感ずるようになって、みつ子の手を通じて、勤先の社長から金を一時立替えて貰うつもりで、白浜郵便局留で、短かい便りを出したのだった。

旭オフセットの社長と直治は、個人的にお互いに融通しあっている仲であった。

直治は散歩の途中に、日に一度は郵便局の窓口をのぞいて、局留めで来る筈の、金を待ちかねていたが、旅館の女中に案内させて、みつ子が突然訪ねてきたのだった。

大柄な女中の肩から、のぞきこむようにした、みつ子の小さな顔は、汽車旅のやつれを見せて、ほつれ毛が額にまつわりついていた。

白く、涼しいように冴えたみつ子の頬を、気性の勝った女にありがちに、涙が流れ伝っていた。

「ここへ来てはいけませんでしたの」

みつ子はせかせかと言った。

「ええ、そうですね。もう、少し、私は、ひとりで考えたかったのです」

「あれから、色々なことがあったんです。とても手紙などには、書ききれないようよ」

「いっしょに出ますから、ちょっと待っていてください」

直治は、帰って行く女中に、あとでお邪魔するかもしれないと言い棄てて、みつ子と肩をならべて歩きながら、

「よく、わかりましたね」

女の一途なものを感じながら、みつ子に訊ねるのだったが、社長の北村は、いつか白浜に来たことがあり、旅館と言えるようなのが、岩目旅館だけなのを知っていた。

「あなたが、別な名前で泊っていたら、宿帳を調べても、駄目だと思ったのですが、そのときは、郵便局で、待っていてお目にかかろうと考えました。びっくりなさらないでください。悠子さんが家出して行方がわからないのです」

直治は悠子が、家を飛びだした気持がわかるようであった。激しい突風を吹きつけるような無残なものを、咲子が悠子に与えたにちがいないと思った。

「奥さんが突然見えて、そして、はじめはお気の毒なほど、気落ちなさっている様子なので、あなたが家出なさったとすぐに思いました。私は、いっしょに外に出たのです。くらがりにま

いりますと、悠子だけはかえしてくれとおっしゃるものですから、私は、どうかなさったのかとびっくりしてお訊ねしますと、おい、白を切るのも、いい加減にしろと男のように言って、私の首を、ぐいぐい締めつけてきました。私は木の幹におしつけられたまま、なんとか振りほごそうとしたのですが、ねばっこく、吸いついたように、あの人の手が離れないのです。私は、殺されるかもしれないと思いました。そして、なんでもないのに、あなたとの間を疑われて死ぬなんて、随分莫迦らしいことだと思っているうちに、私は、どうしても、あの人からあなたを奪らなければ、気がおさまらないようになってきました。私は、そのためには生きていなければ駄目だと首からやっと手をはずして、夢中で逃げだしました」

みつ子は、自分の激情を殺して物語ろうとしているらしく、直治の方は眺めずに、遠くの海へ眼をそらしながら、ゆっくりと告げるのであった。

みつ子は、気がしずまってから、咲子が自分の許にいやがらせをするために来て、悠子がいるのに、いないように言いがかりをつけたのかもしれないと思って、学校へ電話をして問いただしたのであったが、咲子が言ったことは嘘ではなかった。すると直治も家にいないにちがいないと想像して、どこにいるのか知りたいと思っていた。

「そんなことをしたんですか」

直治は、みつ子に襲いかかった咲子の殺伐な行為を許しがたいことにしながら、みつ子の怒りをやわらげているのは、直治を奪いとったという誇をどこかに感じているからにちがいないと思うのであった。

どこをさまよっているか、悠子の行く先きは、雲をつかむように頼りなくて、直治はしきりに不安になってゆくのであったが、みつ子に自分のとりみだした様子を感じられたくなかった。

「悠子さんの行ったところ、なにか心当りがありません？」

「いいえ、ちっとも。学校友達の家でしたら、親が連れてきてくれるにちがいないし、親戚のところとも思うんですが、それは遠いところですから」

祖母が厄介になっている直治の弟の家は秋田にあった。直治は、色々な場合を具体的に考えてゆくと、悲観的になるので、なるべく遠ざかりたい気であった。みつ子はハンドバッグから手帖をだして、秋田市の所番地を書きとめていた。

「私が責任をもって、悠子さんの場所を探してみますわ」

直治が、家出するときに、少しの不安もなく咲子のもとに、悠子を置いてきた気持は、長いあいだの家庭生活からきた習慣と言いきれない、咲子に対する信頼感であったように考えられた。

直治とみつ子は、海辺に出ていた。海からの風が強く、下駄をはいている足を砂が吹きつけて埋めた。

「ひどい荒れですね」

どこまでも、海は白く泡だっていた。

直治は、仰向けに寝て、荒れ模様にかわった重く垂れた空を見ていた。近くの蘆原を、海鳥が低く飛んで、ちちと声をあげていた。

直治のすぐ近くに、いつまでも立ちあがろうとしない、みつ子の、着物のひだに、砂をまきちらして、はげしく風が吹きつけていたが、ふっくらした腰のあたりに吹き飛んだ砂の粒は、はじかれたように、すべりおちた。みつ子は、こそばゆいような、刺戟をいきいきと皮膚に感じた。

遠くに見える山羊は、杭にゆわえつけられているので、円を描きながら、狂ったように躍び廻っていた。

「耳のなかに、砂がいっぱい」

みつ子は、ハンカチを袂から取りだして、直治に渡した。

じっとしていれば、衝動にかられて、直治が、みつ子の体をどうかしそうだとみつ子は不安になるのだったが、しかし、言葉はとぎれ勝ちであった。

直治は、ハンカチを受けとりながら、みつ子のやわらかな頤の奥に三日月型の痣を見出すと、閃くように、咲子が、みつ子の首をしめている姿が、浮んできた。しっとりとなめらかに動く二重頤にかくされた痣は、怒りを消したように物静かに伝えたみつ子の言葉に、火をつけたように、めらめらと直治の胸に燃えひろがった。直治が、みつ子の手をひくと、がくんと崩れ落ちてきた。砂っぽい唇で直治は、あえぐように、みつ子の唇を、たやすく探し求めた。

衿をひろげて、直治の手がみつ子のやわらかな胸に触れたとき、眼をとじたまま、

「そこに、あずかってきたお金があるのよ」

おこったように、みつ子は言うのだったが、ぐったりとした両脚は素直で投げだされたまま砂風になぶらせていた。

うしろ向きに坐りなおしたみつ子は、砂の上からピンをひろいあげて、やがて、髪をまとめていた。

飛び散ったピンをさがしそこねて、髪の根が、ぐらぐらするのを、みつ子は、たんねんに留めていた。この腕が、おもったよりも肉づいていた。

直治は、蓬髪から、砂を手で払いおとしながら、

「ひどい風だ。旅館に行きましょう」

もう、みつ子を手離しがたく思いながら、荒れつのる波を見ていた。

咲子のところへ、秋田に住む直治の弟から便りがきて、悠子が祖母を慕って行ったことを知った。直治が行方不明になった咲子に同情した言葉が長々と書かれてあったが、咲子にすれば、ほんの申訳程度にしかとれなかった。

そこには、かなりの家作もあって、住んでいる家も、二階建ての、立派な門構えであった。親戚の家が次ぎ次ぎと死に絶えて、絶家になろうとしていたのを親族会議の結果、直治の弟が継ぐことになったのだが、兄弟のあいだをめぐりあるいて、老後を静かに送ろうとしていた直

治の母が、主として、そこを生活の本拠としていることからも、暮し向きが好いことは想像されたが、咲子を牽制する意味もあって、少し大げさに伝えられているかもしれなかった。

悠子を、直治が現われるまでは、あずかって、その土地の女学校に通わせると書いてあったが、咲子を呼んでやろうとも、生活費の一部をみるとも書かれていなかった。

咲子は、もちろん直治の蔭の女のように親戚などで見倣しているのを、いたいほど知っており、また、直治の母の受けはわるかった。悠子から便りがなかったのは、自分をどのように憎んでいるか思い知らせることなのだが、夜もおちおち寝つかれないほどの心配も知らないような、悠子の遣り口を憎くまないわけにはいかなかった。

悠子の身の廻りのものや、移動証明をおくってほしいと事務的に書かれた感じから、悠子の口をついて、どんなにか悪し様に語られるのを承認したらしい親類達の顔附きが、手にとるように見えてきた。

その背後に直治が糸をひいているかもしれないと考えるのは、やはり咲子にはやりきれないことであった。

咲子は悠子の身廻り品を小荷物にすぐに作ったが、ふと送るのがいやになった。悠子を手離すことはやがては、直治と別れることになるかもしれないと考えたためではなく、勝手に家を飛びだして、散々に心配させながら、詫状ひとつ書かないような悠子の、自分に対する敵意がひしひしと感じられたからであった。

咲子は、かなり、はげしい抗議を含ませて返事を書いた。悠子からの詫状が届くまでは、決して移動証明を送らないと言うことも書き添えた。

平仮名ばかりで書かれた手紙は、見た眼には、きれいな模様のようで、ささくれだった感情があらわには出ていなかったが、はじめて直治の親類の眼に触れる咲子の無学が、たまらないことだと思われた。やがて、咲子へ突っかかって来る悠子の肉親たちの反撃を感じ、それと闘うことに、ふしぎな情熱を燃していたが、その便りには何の返事もなくて、やっと直治も眼がさめたと言っている悠子の祖母の顔を、まざまざと、明け方の浅い夢のなかで見たりした。

何をするのもいやになった咲子は、敷きっぱなしの寝床に、けだるい体をなげだしながら、家のなかの家具や什器を、売り喰いして、直治の帰るのを待とうと思った。

直治を待っているのは、これまでの生活に句読点を打って、自分の生き方を新らしくはじめようとしているだけで、咲子は、もう、望みをたちきるような仕打をした直治との、だらだらした生活をのぞんでいるのではなかった。

本八幡や市川の駅近くには、バラック建ての闇市が立ちならび、忘れていた食物が、安手な原料で作りあげられた姿を見せて、道ゆく人の、かわくような食欲をそそるようになった。染谷は、どこからか肉をあつめてきては、店を賑わすようになったが、本八幡のマーケットの中に、惣菜屋を開いて、コロッケなどを売りだしていた。染谷の妻は、生れたばかりの赤ん坊を背中にくくりつけて、むかつくような魚油にむせびながら、大きなてんぷら鍋の前に立ち通していた。

足を押すと穴があくほどの疲れなので、暇に苦しんでいる咲子は、子供の面倒をみたり、また、揚ものを手伝ったりした。

戦争中に三人の女の子を抱えて、戦地に行った染谷を待っていた頃の苦労が、やっと酬いられたと思っているらしく、体の動きにもしゃきしゃきした張りが見えた。

咲子は、悠子が小さいときに着た、流行遅れの服などを持って行って、なぐさめてやったことなどを思いだしたりした。

「やっと、どうやらここまでになりました」

小さい眼をしょぼつかせながら、咲子に言うのだったが、勝気な咲子が、反感をもつような、上ついたところがなかった。

「ほんとに、奥さんに、こんなことお願いしたりして、すみません」

「いいえ、私は気のむくままに振舞っているだけなんです。いやになれば、すぐ家に帰って、ごろごろしていますから」

咲子は狭い闇市の路地を歩き廻って、外国煙草や石鹼などを密売している若い男の梶野のところをのぞいたりして、時をすごしていた。

自分の小さい頃からの放浪性が、また甦ってきたように、さばけた口調で闇商人をからかったりして、咲子は、ひとり住みのもだもだしたものを、自然に発散させていた。

「奥さんは仲々商売っけがあるじゃあないか。この店の方を仕切ってくれないかなあ」

染谷は、冗談ともつかぬ言い方をするのだった。

「だめよ。私はお天気やだから、責任はもてない性質なんだもの。お店で遊ばして置いてもらえばいいんだよ」

「ただで、女一人雇っているようなもんだから、こっちは得だがね、そいじゃあ、あんまり悪いと思ってさ」

肉のぶっ切りのはいった包みを呉れながら、染谷は、小さな咲子の体にたちこめるもやもやした色気を感じていた。

特攻隊あがりの梶野は、海軍士官らしく鼻筋の通った、冴え冴えとした眼をしていた。その店の前には、浮浪児らしい男の子が群れていて、兄さん、兄さんとたてていた。梶野は、そんな子供の世話も良くして勉強なども見てやるらしかった。咲子は店をしまうと小さな箱のような家に、どうやら寝床をつくって、泊るのだという梶野の気軽な簡易生活に興味をもっていた。

咲子は、板のように、かちんかちんのカツレツやひき肉のまばらにはいったころっけを買いに来る梶野の、すらりと長い脚のさばき方を、いつも、きれいだと思うのだった。

「これ、貰いものだから置いとくよ。あとで、葱とでもにて食べなさいな」

包みのまま、咲子は梶野の前に投げだすと、

「どうも、すみません」

あっさりと受けとるのも、快かった。

「きょうは日の丸と駱駝だけです」

「そう、じゃあ、日の丸をちょうだい」

咲子は、そう言ってラッキイ・ストライキを、隠した棚から取りださせて、買って帰ったりした。

朝の寝床の中で、火をつけた煙草を吸わせなければ、仲々めざめなかった直治の癖を思いだしたりして、なに、ぐずぐずしているんだろ、世の中が、ぐんぐん変ってゆくというのに。咲子は佗しく煙草を口に運びながら、思うのだった。

みつ子は、秋田からの返事で、悠子の居所もつきとめることができたし、また、転学の手続もすませたりした。女子大で同じ国文に席を置いた親しい友達が、悠子の学校に偶然つとめていて、思いの外、簡単に手続をすませることができた。

みつ子は、悠子の世話をするようになった経緯を、その友達に打ちあけていたが、

「あなたは、どうして、そんな面倒なことを、自分から買ってでたんでしょうね。瀬川さんを好きなの」

「いいえ、ちがうんです。さっきも言った通りよ。私は、戦争未亡人なのです。私は戦争が終って、いいえ、主人に戦死されてから、もう死んだような人間なのです。死んだつもりで生きてゆくだけなの。ちっとも希望なんかありゃしない。人のために、少しでも役立つことができた

らと思っているだけ。それでいいのよ」

「あやしいもんだ、みっちゃんは、学校のときから、感激家だったもの。まあいいさ、そう言うなら、そうとして置くけど」

度の強い眼鏡の底から、意地のわるそうに言うのだった。

悠子から、みつ子に当てた手紙には直治の行方を探してほしいと言って来たが、どんな機《はず》みで咲子にしらされるかもしれないと思ったので、みつ子は、直治の住所を知らないことにしていた。

社長の北村が咲子を見舞ってきて相当に崩れかかっている咲子の行状を、自分の好色をもふくめた言い方でみつ子に伝えるのだった。

「まあ、そんなですの」

「いちど男の味を知った女は、どうしても持たないって言うからな」

何気ないように北村は言うのだったが、みつ子は自分もそう思われている気がして、思わず衿もとをあわせたりした。

そんな、みつ子は、北村にはだまったまま、土曜から日曜にかけて、白浜の直治の許を訪ねていた。

「悠子さんを、そっとおちつけて置いた方がいいと思いますの。感じやすい娘ですから、長いあいだの変則的な生活で疲れきっているらしいの。私にまかせて置いてほしいわ」

みつ子は、悠子に、こまごまとしたものをおくったりしているらしい、悠子の礼手紙などを見せながら言うのだった。

感傷的な内容でいっぱいになった悠子の手紙を眺めながら、直治は娘の便りなどは見たことがなかったので、随分少女らしくなったものだと思った。

「あの方ね。闇屋の男などとつきあっているらしいわ。家の道具なども、歯がぬけたように売り払っているらしいのよ」

「そりゃあそうでしょう。金を送ってやらないんだから」

直治は、むっとしたように答えた。咲子のあわれな寝姿がちかちか見えてきた。

直治は、さっと血が頭にのぼってゆき、くらくらするのを、じっと耐えていた。自分が、咲子を棄ててあぶない生活に追いこんでいながら、じりじりと嫉妬が荒れくるっていた。

みつ子は、はっきりした手ごたえがあったと、胸のなかが騒ぐのだったが、しずかに優しみを眼許に湛えて、直治を眺めている自分を感じると、女の持っているいやらしさに、ぞくぞくするような嫌悪を感じていた。

「そうね、きょうは帰ろうかしら。なにか不自由なものがあったら、今度来るときまでにととのえてくるわ」

みつ子は、買ってきたものを、畳の上に並べたてて、風呂敷を、きれいに畳んでいた。

「いいじゃないか、あすは日曜だろ」

「そうしようかしら、女良海岸っていいとこなんですってね。いっしょに行ってみません？」

直治に、もう、体をしられてしまった、みつ子は、思いっきり、あけすけに誘うのだった。

咲子は市川の駅近くの、二階の席で、映画を見た。ふだんは眼鏡を必要としなかったが、映画を見るときには掛けるのだった。

一階の前に席をとれば、眼が疲れることはあっても、その儘で、あざやかに見ることができたが、むっとする便所の臭気が、胸をむかつかせた。

直治と、ここで「残菊物語」を見て、思う存分泣いたこともあった。粗末な座席が、尻に痛みを感じさせるので、前の手擦りに両腕をかけて、体をのりだしながら、白ちゃけた烏賊の肌のような画面が流れるのを、ぼんやり眺めていた。

どたばた喜劇を、みんなはおかしそうに眺めているのだったし、自分も思いっきり莫迦げた映画を観て、げたげた笑うつもりで来たのだったが、自分だけが置きざりにされたように、気がしずんで行った。

ふいと途中でたって外にでたが、本八幡で降りて、梶野の店の路地を通り抜けていた。早じまいして、梶野はどこかに遊びに出たらしく板戸がくられていた。そんなに年齢がちがわない梶野を、いつの間にか咲子は弟のように感じているのだった。

咲子がまだ浮名のときに、ひと月遅れの盆を迎えて、祖父の十七回忌が行われることになり、家に帰ったことがあった。

小学校の雨天体操場で映画の催しがあり、青年団が校門を杉の葉のアーチで青々と飾ったりして、村中がつめかけるのだった。年に一、二度より町からの催しものを呼ぶことがなく、若いものたちは、白石には常設館があるので、遠出するのだったが、年寄りや子供などはたのしみにして、もう、夕方からさわいでいた。咲子は浅草の六区で封切りを見ていたので、自分だけが留守をするつもりであったが、小さい兄弟たちは、きらびやかに衣裳をつけた咲子を、どうしてもいっしょに連れてゆくと言い張るのだった。

そこは電力が弱いので、村中の電燈を消して、映写機に明りを集中しなければ、画面がぼやけて見えないので、村長のお触れで、各家が消燈し、戸締りを厳重にして集まるとのことなので、そんな暗闇にひとり取りのこされるのは、都会の灯になれてしまった咲子には不安であった。

咲子は、家族といっしょに校舎の板敷に坐って、雨が降っているように傷んだ画面を、あじけなく眺めながら、これが、むかし通ったことのある学校なのだと思ったりしていた。

開け放された窓も、山気のせまってくる暗い外だけなので、映画のさまたげにはならなかったし、手にした団扇も、そのままの涼しさであった。

田中絹代の顔が、画面いっぱいにひろがって、頬をいくすじにも涙が流れおちていたときに、そよ風にのって、ふっと光るものが流れた。誰かが螢とさけぶのと、いっしょに幾千匹とも思われる螢の群が映画をよぎっては、飛びながれていた。

咲子は、帰りの道で、ふと、そんな昔のことを思いだしていた。あの頃の浮名は、全盛で浮かれ暮していた。そんなとりとめのないことを考えながら、家の近くの道をまがると、長い新聞紙の包みをもった梶野とぶつかりそうになった。

「あっ、奥さん」

「梶野さんか。今、店の前を通ってきたところよ。家に寄って、お茶でものんでゆきなさいよ」

「ええ、遅いですから、またにします。この奥に、商売にきたんですが、金がないと言うんです。洋もく二本なんですがね。初めての客ですし、あす、会社で品物と引きかえに金をわたすというんですがね。当てになりませんから、おいてきませんでした」

「梶野さんは、案外がっちり屋ね。いいから、寄っていらっしゃいよ。主人は、長い旅に出ているんだから、誰も気をつかう人はいないのよ」

咲子は、とっくに、月々のものがある筈であったが、予定日が狂っていた。じりじりするような落ちつかない気分で、

「男らしく、はきはきするものよ。どっちかにきめなさい」

はいと梶野は返事をして、にやにやしながら、咲子のあとからついてきた。

梶野は、染谷の店先で遊んでいたりする咲子と住居がしっくりしないように、おずおずと天井などを眺めまわしていた。

「どうしたのよ。狐につままれたような顔をしてさ。これは私の家よ」

咲子は蓮葉に言ったりして、梶野の気持をときほぐそうとしていた。

「いろんな本があるんですね。そのうちに借りにきます」

梶野は、そそこにして咲子の家を出たが、翌日の昼近く、ぶらっと出かけた咲子は、梶野が警察の手であげられたのを、染谷から聞された。

場代をはねている土地の顔役が、裏から警察に働きかけていたが、ひょっとするとMPの手にわたるかもしれないとのことであった。

「あいつ、なんて間抜けだろう」

咲子は、なにか自分のせいのように考えながら、じれていた。

しかし、梶野は、三日とめられただけで帰ってきた。

「よく帰られたね」

咲子は、しみじみとした声で、少し白くなったような梶野の顔を眺めながら、慰めていた。

「まあ、運がわるかったんですね。当分のあいだは、目をつけられるんで、品物を上手にかくさなくちゃあ」

「いいよ。家へ持っておいで。置いといてあげるよ」

咲子は、自分から、買ってでて、そのくせ、はらはらしていた。

「ばら売りは、どうにかなるんですがね。一本ものだけでも、お願いしましょうか」

梶野は忍ぶようにして、咲子の家へ、ちょくちょく足を運んだ。咲子がかわって持ち帰ることもあった。

部屋数が多かったので、夜更けまで、さびしそうにしている咲子の相手をした梶野が、ごろ寝をしてゆくようなこともあった。


染谷がひらいた惣菜屋は、小料理屋風に改築されて、入口に提燈などをさげるようになった。そこには、口を赤く染めた女も雇われてきた。厚化粧のせいか、黒い衿に白粉のしみがこびりついていた。咲子を、ちっと邪魔にする風であったし、梶野の店先で、集ってくる少年達と石蹴りなどをしたりして、遊んでいたりした。

咲子は、大理石の置時計を、染谷に売りつけるつもりで、風呂敷にぶらさげながら、柿色の暖簾をわけて奥まではいってゆくと、そこには、いつか染谷の家で逢ったことのある鳥屋の光っちゃんと呼ばれた男がいた。

「これ、買っとくれ」

咲子は、無雑作に、染谷の前に置時計をひろげた。

「おやじさんの留守に、そう、なんでも売っていいのかえ、奥さん。それに、ちっとも家に見えないと思えば、近頃は梶野のとこへ入りびたりだそうじゃないか。私は、あなたの気性を知っているからいいようなものの、いろんな噂さがたっているよ。少しは気をつけたら、どうかな」

「ばからしい。染谷さん。なに言っているの。うちの人は、そんなやぼてんじゃないよ。あんな子供に、ばからしくって」

「そうならいいけどね。いったい、ご主人は帰らない気なのかね」

「わからないさ、よく考えれば。しかし、私は、いつまでも待っているつもりよ」

咲子は、そう言って、頼りにならない人を待っている自分があわれに顧みられた。

染谷は、売らない方がいいと言いながら、時計をやすくたたいて買う気らしかった。

「そんな値じゃあいやだね」

咲子は、ゆっくりと、また、置時計をしまいなおした。

「笹島さん、しかし、そんなところだろう。買うとなれば」

染谷は鳥屋に声を掛けた。

「そんなものかもしれない。売るときは二足三文だからな。ところで奥さん。どんな事情か知りませんが、ほぼ、想像もつくことです。あなたが必要な金を出しましょう。そして、それで気がすまないと思うなら、品物はあずかって置きましょう。いつでも必要になったら、言ってくれれば現金と引換えで、それをお返しします。それでいいでしょう」

「ありがとうございました。そうして下されば、願ったりです。ほんとうは主人が帰らないかもしれません。しかし、妻として帰ってくると思うよりは考えようもないことなんです。そうなったら、お金と引換えにお返し願います」

笹島は、声の低い、しずかなものの言い振りであった。自分で考えただけの金を渡して、咲子から置時計を受けとると傍らに置いた儘で、染谷と話しつづけていた。

咲子は帯のあいだに札をはさむと、外にでた。相当な苦労人にちがいないと咲子は笹島の、にがみ走った顔を思い浮べ、あんな人は遊び振りもきれいなものだと考えるのだった。

咲子は染谷の言葉がふと気になったが、飴をざくざく袂に買い入れて、梶野の店先に行くと、そこに遊んでいる少年達に、振舞った。

「おばさん、すごく豪勢だな」

咲子は、梶野と並んで愉しそうに眺めていたが、今夜来てと梶野に言い置いて、ぽいと飛びだしていた。

夜更けて梶野が来たときに、いたみ止めの注射をして医師が帰ったところであったが、咲子は胃痙攣で苦しんでいた。

かなり長いあいだ忘れていた持病が、心労のために起きたらしかった。

もう、あらかた痛みが去っていたが、梶野の声を聞くと、うめき、くるしみ、もだえた。そうすれば、体が楽になってゆくようであった。

「どうしたんです。こまったことですな」

梶野は咲子の枕許にしゃがんで、途方にくれているらしかったが、咲子はそんな梶野の手をとると、鳩尾のあたりへもって行った。汗ばんだ自分の指をからませて、梶野の大きな掌の温みを愉しみながら、肌にめりこませた。

「もっと、ぐっと押して」

歯を食いしばりながら、佗しく涙をにじませていたが、そのとき直治がどこかに行ってしまった実感が、咲子を襲ったのであった。

「ほんとに寂しくて、死んでゆきそうです。梶野さん。お願いだからしっかり抱いて」

「ええ、いいですとも」

梶野はいっしょに寝て、ぎくしゃくした感じで咲子を抱きすくめた。ふっと甘酸っぱく咲子の腋臭が漂った。

「ああ」

咲子は体の力をぬいて、くたくたと梶野にまかせきっていた。

鎮静剤が効いてくるらしく、すぐに眠りにおちた咲子の顔は、きゅっとしぼんだように見え、小皺が深々としていた。

「私は棄てられた女なんです。どうにかしてください」

咲子は夢うつつに、梶野の唇を求めた。

「ほんとうにいいんですね」

梶野は若い力が制禦しきれなくなってくるらしく、洋服をひとつひとつ脱ぎとりながら、畳の上へ、はげしく叩きつけていた。

いつも、気まぐれな咲子の梶野との過失も、ふとしたことからの出来事にすぎなかった。火傷で赤くただれた肌を、乾いた風に吹かせるような、ひりひりした痛苦を伴って、咲子を身も世もない快感に追いやるのだったが、のっぴきならぬ現実がずしりと無気味に横たわっていた。咲子は、直治のことを今更らに思いだし、もう、とりかえしのつかぬ深い痛恨にさいなまれた。咲子は、遊びたわむれたことにして、すらりと身をかわそうとしたが、若い梶野は、土足のままで、ずかずかと咲子の体のなかに、はいり込んできた。

咲子は、若い男の一途なものを感じないのではなかったけれども、そうかと言って、弟のような梶野との、いっしょの暮しは、のぞんでもいなかった。

近所の人の目を避けて、おずおずした暮しにかわったのであったが、考えれば、咲子は直治の帰りを怖れているのだった。

「もう、じきに主人が帰ってくるらしいのよ」

咲子は、そう言っただけで、瞳がきらきら輝くのを意識しながら、梶野を断わるための嘘を作りあげたりした。

「うん、そうなったら、みな、ぶちまけて、あなたを貰うつもりだ」

吐きだすように梶野は答えて、咲子の小さな肩をだきすくめた。

この青年は、咲子に浮名の時代があったことは知らないのだと、それが無意識のうちに、やはり、自分を圧迫していたので、解き放されてゆくような広々とした思いにもなるのだったが、これからの長いあいだ秘密をもった女として苦しまなければならない気にもなるのだった。

とにかく、驀進して来る機関車のように重く梶野に覆いかぶされながら、咲子は、どこまでも続く軌道になっていることだけは事実であった。

咲子は、笹島のことを思い出して、力になってもらうつもりで、染谷の店に、当てもなく足を運んだのだったが、ちょっぴりのお通しものを前にして、酒をのんでいた。

咲子は、あの時の礼を述べてから、

「ちょっと智恵をお借りしたいことがあるのよ」

「ここでは、こまることか」

「ええ、できたら、うちに来ていただきたいの」

咲子は笹島には、洗いざらいなんでも言えるような気がして、梶野のことを、そのまま飾らずに言っていた。

「まあ、あなたのような、ずぶの奥さんにはわからないとは思うがね、若い男とそうなっちゃあ仲々別れられまいよ。逃げれば、相手は、いよいよむきになって追いかけてくるもんだ」

笹島は、自分の若かった頃を思い返しているようであった。

「とにかく、私におまかせなさい。わるくはしないつもりだ。あなたの御主人に代って、護ってあげよう。梶野とは、全然知らぬ他人でもないから、そこがかえって厄介というもんだ。いいね。あんたの方から、梶野へ、ちょっかいを出すようでは話にならないよ。そんなら、今のうちに手をひいた方がいいんだ」

「まさか、お願いして、どうして、そんなことが」

咲子は、にがく笑って、その夜からすぐに咲子の家に泊る笹島を、あしらいかねていた。

夜が更けて梶野が来たが、咲子はじっと息を殺していた。

笹島は、誰だと一度どなったきりで、すぐに表は静かになった。

二時間ほど経って、また、梶野の声がした。

「なにか用か。用なら、あすにしてくれ」

笹島は低いが、よく通る返事をした。

「奥さん、いらっしゃいませんか。私は奥さんに用があってきているんです。失礼ですが、あなたはどなたですか」

「俺か、笹島の光太郎よ。お前は梶野だな。用があったら、明るいときに来い」

「幾度も言うように、僕はここの奥さんに用があって来ているんだ。おあずかり願っているものをいただきたいと思ってね」

「くどいな。泥棒が使う忍びの道具じゃあるまいし、夜中でなけりゃあ間にあわないことはなかろう。ここは御近所さまもあることだ。あすにしてくれ」

梶野は、どうやら帰ったらしかった。

笹島は、もう、来ませんから、ゆっくりお寝みなさいと言うのだった。

朝になって、笹島は、咲子があずかっていた高級煙草などを返しながら、梶野と話をつけるように言って、出掛けたが、やがて空手で帰ってきた笹島は、

「若いのは、威勢がいいや。ふん、この俺に果し合いを申込んだ」

笹島は、眼をつぶって、亢奮を沈めながら、

「梶野には、あなたが、私の囲われ者になったと言っておきましたぜ。そう言うより、あなたを護る工夫もつかないほど、あの野郎、のぼせあがっていやがるんだ。決闘は、そのことが原因なのさ」

咲子は、寒けだった頰を、ぎゅっと両手でかかえながら、

「なんとか、やめてください。どっちかが、私のために傷つくのは、たまらないことです」

と必死に言っていた。

「おい、どっちかがとはなんだい。そんな台詞はやめて貰おうじゃあないか。梶野は力があっても、今は無理だね。頭にかっと血があがっているからな。斬られるのは、あいつだ」

咲子は、そうは言っても、笹島も逆上しているように思われた。

咲子は、酒をだしたりして、すさんだ男の気持を、どうにかしずめて、血なまぐさい事件がおこらないように持ってゆこうとしたが、笹島はあびるように飲んでも、心から酔わないようであった。咲子は笹島を、のみつぶして寝させつける気であった。

「ああ、眠るよ」

笹島は立って寝巻にかえるとき、腹をぎりぎりまいた晒木綿が、ふと咲子の眼についた。その隅に、匕首の柄をのぞかせていた。あっと咲子は声をのむようにして、笹島は、てきや渡世の男だと、浮名のときにあがってきた、そんな男の、凄惨な記憶を、まざまざと瞼にうかべた。筋が通っているようで、世の中には通じない笹島の行動を、男らしいと思った咲子は、追いつめられていたからであった。

梶野が、とっぷりと暮れた咲子の、締めきったままの門をたたいたときに、咲子は咲子らしい考えをまとめていた。するりと自分の体を笹島が寝ている床にすべりこませて、自分から求めて体をけがしながら、

「梶野が来ています。私は、もう一度、自分の力であたってみます。ちょっとのあいだです。あなたは席をはずしてください」

咲子は、笹島の耳に口をつけて、あつく息を吐きつけながら、口早やに言った。そう言いながら、咲子の手が、するりと匕首を寝床の中へすべりださせていた。

せきたてて、着物をきせて、裏口から静かに笹島を送りだすうちにも待ちきれないように、梶野は叫んでいたが、それは咲子ではなく、笹島の名であった。

咲子は台所の掛金をかけると、すぐに梶野を迎いいれて、錠をかけながら、にいっと無意味に笑っていた。謎をふくめた浮名の頃の、妖しい笑顔になっていた。

梶野は、いたいほど咲子の体を抱いて、はげしく唇を求めた。

咲子は、梶野のするままにさせて、

「あなたは、なにか、刃物をもっていないの」

咲子は、浮名のときのように、身をまかせていても、ちっとも情慾は感じていなかったが、相手に気どられることはなかった。

「冗談じゃないよ、俺は男だ、素手で、あんなの、殴り殺してやる」

「そんなら、いいけどね。刃傷沙汰はいやだからさ」

咲子は、自分の仕種を、みだらわしいとは思えなかった。気が張っていた。

「ここでの、喧嘩はこまるの。お願いだから、どこかでやって」

咲子は、ふたりに話しをつけ、近くの市川中学校へ案内することにした。

先頭に梶野をたたせて、咲子は、笹島の前を歩いていた。

咲子は、生きてゆくのがいやになってきた。ぴたぴたと足のうらを打つ歩き方をしながら、大股な梶野に遅れまいとして、喘ぎながらついてゆくのであったが、この広い世の中には、やはり、自分だけが、ひとりのように、棄てられていた。こうして、棄てるぐらいならと直治を心から憎んでいた。

暗い運動場の隅に、機械体操の鉄棒が、立木にささえられていた。

「あの辺りが、いいじゃない。校舎からも離れているし」

咲子は、残酷そうに言うことができた。砂場のような、やわらかい砂に足を投げだして、咲子は頰杖をしたまま、ゆっくり眺めようと思った。男という獣に、むかむか腹がたってきていた。びしゃと重く生身を打つ音がした。墨絵のようなふたつの塊りが、はげしく殴りあい、蹴ちらしていた。びしゃびしゃとお互いに打ちあうと、咲子は、どの音をも、同じはげしさで、自分の頰に感ずるのだった。どっちがうめいても、腸をかきむしられるようで、咲子は気が遠くなった。

咲子が白石の駅で降りて、七ケ宿にゆくバスを待っていると、そこにも、もう進駐車の姿が見えて、ジープが走っていた。

青根温泉にゆくバスに、そんな兵隊にだきかかえられた下駄穿きの娘が、きゃっきゃっと笑いながら、乗りこんでいた。どこにも同じような異国の色彩がどぎつく流れているばかりであった。

「そのうちに国内で、同じ日本人同士が敵になって血を流しあうそうですよ。みんなの気持を地主資本家からばらばらにするのが、共産党の遣り口らしいですからな」

小原温泉では、かなりバスは停車するのだったが、そのあたりまで来て、お互いがなれ親しんで話しあうのだった。口髭のある中年の背広が、傍らの半ズボンと話していたが、咲子は、そんな事をききながら、その国の他にも、もう、ひとつの大きな力が世界を支配しようとしているらしいと感じた。

口で正義をとなえながら、自分の支配欲を充そうとしているのは、学問があって、お金が充分で、自分の考えにうぬぼれているからなんだなと、咲子は世界の動きの深い智識がなかったので、自分流に考えたりした。

笹島と梶野がお互いに傷つきあって、どっちも相手を敗かすことができなくなったときに、もう、気絶していた咲子を呼びさまして、両方が咲子からきれいに手を引くと約束したのだった。咲子には、それが世渡りになれた笹島の梶野に思いきらせるための手段かともとれたが、笹島は、咲子の家財道具のすべてを買いとって、新らしく生きてゆく元手をつくってくれた。

「もう、主人のことは、きっぱりと思いきるんだ。これからの生き方を大切にしなさいよ」

咲子は、廓を出てから、愛情のかわりに道理だけで、世の中を渡らせようとした直治の、非人間的なものが、学問のせいならば、つまらないものだと思った。いい女になる必要はないんだよ。世の中へ普通に通用する女になればいいんだよと、よく直治は咲子に言うのだったが、普通の女とはなんだろう。無理なことは、いつか、きっと、こわれるのだと、やはり思わなければならなかった。

咲子は、遠く距ってしまった直治が、どこかの国の人のように、自分に都合のいいことを飾りたてて、みつ子に自分の愛を押しつけているような気もした。

咲子の乗っていたバスは、山深い寒村に行くので、進駐車の匂いはしなかった。

笹島の妻は、しあわせだろうと咲子はちらっと思っただけで、涙がこみあげてきた。

咲子はハンドバッグをひらいて、まばらになった眼許をつくろうのだったが、配給通帳が癖のように印判といっしょにはいっていた。

咲子は、それを開いて、世帯主瀬川直治、妻咲子、長女悠子と書かれてあるのを、他人事のように眺めようとしていた。ここで自分の家庭生活が終ったのだと思った。

バスのゆく左側は、截りたった道を、山腹に沿うて作られていたが、右側は遠く山の色が見られ、眼のまわるような飛沫をあげて溪川が流れていた。

咲子は自分の家で、すこし気持をおちつけたら、小さな雑貨屋を開く気であった。ひとり口なので、どうにかやってゆけそうであった。

石鹼や、千葉の干魚や、つくだ煮など、少しは学用品も仕入れてきてと、そんなものは、時折、田舎におくって喜ばれていたので、すぐ思いつくことができたが、まだ、なにかが足りないようであった。咲子は、ハンドバッグの中で、配給通帳を、こなごなにちぎっていた。その指の動きは無心のようで、何かを考えているようであった。

やがて、蔵王が左の方に、いかめしい山容を現わす筈であった。

あとがき

光風社の豊島さんが、私の短編小説集を出してくれると言ったとき、なかなか信じることができなかった。世間に名のとおった作家でも、短編を集めた単行本は、売れゆきがおもわしくないと知っていたが、とにかく、私が戦後書いた小説のなかから、少しは増しなものを選びだし、できるだけ手を入れはじめたのは、こんな理由からである。数年前に、私は豊島さんから調査費を出してもらって、長編小説を書くことにした。その取材中に、はじめの意図と食いちがいが大きくなってゆき、途中で筆を折ったままであった。豊島さんは、私の年少の友なので、しょうのない奴とは思ったらしいが、黙ってみてきてくれた。この物心両面にわたる長いあいだの負債を、短編小説集で返すことができたらと思い、この機会に「道祖神幕」を書きおろして、付け加えることにした。これには丸ひと月もかかり、幾度も稿を改めているうちに、思うように筆が伸びず、二百枚以上の草稿を棄てることにはなったが、どうやら、まとめることができた。この作品は、山梨放送の社長野口二郎氏の「峡中浮世絵考」から素材をもらった。しかし、この小説の人物も筋も、私が勝手に頭のなかでつくりあげたものだということは当然なのだが、やはり、断っておいた方がよいように考えられる。私に、この本を見せてくれたのは、樋口一葉の研究で長いあいだ協力してくれた上野晴郎さんである。上野さんは山梨郷土研究会の常任理事だが、この会から「峡中浮世絵考」が二百部限定で、昭和二十八年九月に刊行された。著者の野口氏は、この会の会長で、甲州の浮世絵研究者として知られている。その頃は山梨日日新聞の社長であった。「峡中浮世絵考」は小冊子だが、この道の名著と言えるだろう。

私のような者でも、長いあいだのことだから、原稿料のもらえる営業雑誌に掲載された作品も多い。それなのに、私が無心に選んでこの中に収めたのは、すべて「三田文学」に出して戴いた小説ばかりになっていた。どうしても書かずにはおられない作品なので、棄てきることができないのか、それとも、同人雑誌のため、何ものとも妥協せずに書くことができたせいか、今の私にはわからない。とにかく、この切っかけをつくってくれた豊島さんの温い励ましがなかったら、私の終戦後で最初の作品集「塵の中」は、ついに陽の目をみることがなかったであろう。

「塵の中」は、前半約三分の一ほどが、「露草」という題で直木賞候補作品に、後半三分二ぐらいは「塵の中」で、芥川賞候補作品に、前に選ばれた。これは雑誌に三分載されたが、この本で、いっしょにまとめるにあたっては、補正加筆した。

今度、五十回の直木賞を受けた私の感懐は、「塵の中」は、長らく手がけてきた一葉・樋口なつ子が下谷竜泉寺町へ落ちてゆき、小店を開く頃の日記の題名からもらっていたということである。私はついに一葉から脱れ出ることができなかったらしい。

昭和三十九年一月二十一日夜　和田芳恵

P+D BOOKS ラインアップ

天使	遠藤周作	●ユーモアとペーソスに満ちた佳作短編集
白い手袋の秘密	瀬戸内晴美	●「女子大生・曲愛玲」を含むデビュー作品集
ゆきてかえらぬ	瀬戸内晴美	●5人の著名人を描いた樹玉の伝記文学集
耳学問・尋三の春	木山捷平	●ユーモアと詩情に満ちた佳品13篇を収録
青春放浪	檀一雄	●小説家になる前の青春自伝放浪記
緑色のバス	小沼丹	●日常を愉しむ短編の名手が描く珠玉の11編

P+D BOOKS ラインアップ

微笑　近藤啓太郎
● 病魔と闘う妻と献身的に尽くす夫の闘病記

草を褥に　小説 牧野富太郎　大原富枝
● 植物学者牧野富太郎と妻寿衛子の足跡を描く

激流（上下巻）　高見 順
● 時代の激流にあえて身を投じた兄弟を描く

夢のつづき　神吉拓郎
● 都会の一隅のささやかな人間模様を描く

鉄塔家族（上）　佐伯一麦
● それぞれの家族が抱える喜びと哀しみの物語

早春　庄野潤三
● 静かな筆致で描かれる筆者の「神戸物語」

P+D BOOKS ラインアップ

お守り・軍国歌謡集　山川方夫　●「短編の名手」が都会的作風で描く11編

天上の花・蕁麻《いらくさ》の家　萩原葉子　●萩原朔太郎の娘が描く鮮烈なる代表作２篇

ブルジョア・結核患者　芹沢光治良　●デビュー作を含め著者初期の代表作品集

海の牙　水上 勉　●水俣病をテーマにした社会派ミステリー

塵の中　和田芳恵　●女の業を描いた４つの話。直木賞受賞作品集

無妙記　深澤七郎　●ニヒルに浮世を見つめる筆者珠玉の短編集

（お断り）

本書は1963年に光風社より発刊された単行本を底本としております。

あきらかに間違いと思われるものについては訂正いたしましたが、基本的には底本にしたがっております。また、一部の固有名詞や難読漢字には編集部で振り仮名を振っています。

本文中には外人、老婆、未亡人、女中、妾、男まさり、混血児、支那、間ノ了、淫売、娼婦、強姦、情婦、婦女子、浮浪児などの言葉や人種・身分・職業・身体等に関する表現で、現在からみれば、不当、不適切と思われる箇所がありますが、著者に差別的意図のないこと、時代背景と作品価値とを鑑み、著者が故人でもあるため、原文のままにしております。差別や侮蔑の助長、温存を意図するものでないことをご理解ください。

和田 芳恵（わだ よしえ）
1906（明治39）年4月6日—1977（昭和52）年10月5日、享年71。北海道出身。1963年『塵の中』で第50回直木賞受賞。代表作に『一葉の日記』『接木の台』など。

P+D BOOKS とは

P+D BOOKS（ピー プラス ディー ブックス）とは
P+Dとはペーパーバックとデジタルの略称です。
後世に受け継がれるべき名作でありながら、現在入手困難となっている作品を、
B6判ペーパーバック書籍と電子書籍を、同時かつ同価格で発売・発信する、
小学館のまったく新しいスタイルのブックレーベルです。

塵の中

2024年4月16日　　初版第1刷発行

著者　和田芳恵
発行人　五十嵐佳世
発行所　株式会社　小学館
〒101-8001
東京都千代田区一ツ橋2-3-1
電話　編集　03-3230-9355
販売　03-5281-3555
印刷所　大日本印刷株式会社
製本所　大日本印刷株式会社
装丁　おおうちおさむ　山田彩純
（ナノナノグラフィックス）

ISBN978-4-09-352485-8

P+D BOOKS